Nada
como leer
en tu
idioma.

Callejeros

Sudaquia
editores
New York, NY.

Colección Cangrejo

Callejeros

Pedro Medina León

Sudaquia Editores.
New York, NY.

Published by Sudaquia Editores
Collection Design by Sudaquia Editores
Author image by Isabella Medina

First Edition Sudaquia Editores: octubre 2021
Sudaquia Editores Copyright © 2021 All rights reserved.

Printed in the United States of America

ISBN-10 1944407715
ISBN-13 978-1-944407-71-1
10 9 8 7 6 5 4 3 2 1

Sudaquia Group LLC
New York, NY

For information or any inquires: central@sudaquia.net

www.sudaquia.net

The Sudaquia Editores logo is a registered trademark of Sudaquia
Group, LLC

Índice

A los Goodfellas del efficiency en la calle Antilla:

Gianni Palmieri, Sebastián del Rosario y José García Birimisa

Yo no sé dónde va,
Yo no sé dónde va mi vida
Yo no sé dónde va, pero tampoco creo que sepás vos.

Fito Páez

I
Underground

Coin laundry

Las luces de la costa
son faros del pasado
(...)
Hombre al agua
Voces que se agitan
Hombre al agua
Barco a la deriva

Gustavo Cerati y Daniel Melero

David y yo coincidíamos en el coin laundry una vez a la semana: a la hora en que él salía de trabajar y yo hacía un break en mi sesión de escritura. Al comienzo David llegaba con un dominó, pero desistió de su idea de jugarlo conmigo, que nunca antes lo había hecho, y lo cambió por unos naipes. A veces jugábamos black jack y a veces póker, y el que perdía más partidas invitaba unas wings y un par de cervezas en la barra del Normandy.

Esa noche no quedaba nadie más que nosotros en el coin, y la máquina en la que se secaba mi ropa acababa de emitir un silbido indicando que ya estaba lista. Entonces David, en lugar de ir al Normandy, propuso pagar la apuesta en su efficiency con un Havana Club que le acababa de llegar de Cuba. Nuestras reuniones en el coin laundry resultaban también una suerte de pretexto para que pusiera a David al tanto de los últimos avances de mi libro; incluso a veces, cuando cerraba un capítulo lo imprimía y se lo leía y lo comentábamos y no se cansaba de decir que lo tuviera en cuenta para uno de mis próximos personajes, que sobre él se podría escribir el próximo libro para el Nobel. Ya tenía el final draft de la novela listo, le comenté, con el título *Días de ficción*, que no se lo había revelado aún, y me había puesto en contacto con el sello Revólver Ediciones, de South Beach, para proponerles su posible inclusión al catálogo, y al parecer estaban interesados en leerla. David pareció más entusiasmado que yo con la noticia, porque decía que se identificaba mucho con la historia, que era una suerte de bitácora o diario de un inmigrante recién llegado, sin documentos, ambientada en Coral Gables, en trabajos por la izquierda, que mucho estaba relacionada con mi experiencia personal de hacía varios años atrás.

—Jamás pensé que se publicaran libros en español acá —se sorprendió David. Y le dije que los Revólver eran una excepción. Cuatro o cinco locos que se reunían en un bar de Miami Beach, en noches interminables, de humos y alcoholes indefinidos, que querían reivindicar la literatura miamense y su tradición Noir Tropical. Primero fueron una revista de bajo presupuesto, pero de alto contenido, así la definían ellos, y ahora eran también un sello editorial. De hecho, en los próximos días tenían un evento para recaudar fondos, en el bar Al Capone de Miami Beach y pensaba ir, así que si quería, estaba más que invitado a acompañarme.

En el efficiency, David dejó su mochila con ropa sobre la cama y dijo que me acomodara en el suelo, que ya venía lo bueno, y sacó el Havana de un mueble de madera donde sonreían algunos rostros enmarcados, pero en el que, hasta hacía poco, que yo recordara del par de veces que habíamos secado un six pack allí, no había nada. Esto está de pinga, mi socio, es añejo, así que se toma puro y solo con un cubito de hielo. Llenamos los vasos con tres dedos de ron e hicimos salud por *Días de ficción*, y David se volteó hacia el mueble. En una de las fotografías aparecía con sus socios Candito y el Cara de Jeva. En otra salía una mujer remojando sus pies en la orilla del mar, con un traje de baño rojo que le envolvía unas caderas gruesas y dejaba ver los muslos agujereados por la celulitis; le dijo salud negra de mi vida. Tantas veces me había hablado de ella, de Saylin, su mujer, la negra de su vida, y por fin pude verla en esas imágenes que le habían llegado en el mismo paquete del ron. Pero qué jodedera que les tenía armada la negra mientras se fajaba en la cocina inventando algo para llenarles la barriga a esos tres comemierdas. Los galanes del dominó, así les decía, el dominó era solo un pretexto para reunirse a escuchar al Cara de Jeva que estaba loco pal carajo con sus historias paseando yumas por el malecón de La Habana, la calle de Obispo, el cañonazo de las nueve al que era mejor ir con una yerbita para fumar; o con las jineteras que los volvían locos ni bien se encueraban y le mostraban el bollo con toda la pendejera ahí abajo. Esa foto con los galanes la tomó Saylin la última noche de David en Cuba, que se reunieron en la casa de Candito a comer puerco, echarse la última partida de dominó y tomarse unos rones. Ellos y Saylin eran los únicos que sabían de su partida en aquel momento. Y la foto en la que aparecía Saylin en traje de baño se la tomó precisamente en el lugar desde donde había salido la balsa de David, en la bahía de Cárdenas, ni bien dio noticias de su llegada a Miami.

Mucho tiempo le habían dado vueltas David y Saylin a la idea de largarse, que si se iban juntos, o si él primero y ella después, en esas se las pasaron meses de meses. Incluso David estuvo a punto de montarse en otra embarcación con tres conocidos del barrio, él mismo metió mano para armar ese bote en el galpón de uno de ellos. Utilizaron la base de un bote de pesca viejo y le adaptaron dos hélices, a manera de motor de viento, con un par de ventiladores industriales rusos que consiguieron del policlínico en el que trabajaba uno de ellos y que servían para echarle fresco a los pacientes cuando se amontonaban en la salita de Urgencias. Mañanas completas se pasaba David en el galpón, martillo, serrucho y destornillador en mano, secándose la frente con el antebrazo, y al final de la jornada, para no levantar sospechas, ocultaban el armatoste tras unos barriles de plástico grandes, color azul, donde almacenaban el agua potable que repartía el camión cisterna una vez por semana. Ya lo tenían organizado, la guardia costera no hacía sus rondas a tal hora, la marea estaría más suave tal día, cuando la negra salió con que no le daba buena espina aquello, que mejor no, que mejor esperara, que mejor ellos armaban su plan de fuga juntos, plan que fue quedando en nada hasta cierta noche, después de que cada uno hiciera suyo el cuerpo del otro, aún sudorosos, con la mirada clavada en el adobe agrietado del techo, en que decidieron organizar la partida de David. ¿Y si una de esas noches ella quedaba embarazada? Muchacho, no se querían imaginar el castigo que sería traer a una criatura en las condiciones de esa isla al mundo. Esa vez ya no lo pensaron, David tenía claro el punto ciego de partida para que la policía no lo jodiera y pudiera lanzarse al mar, armaron una embarcación individual, con una cama que les sirvió de cimiento y unos cauchos viejos para que flotara y agarrara estabilidad.

—Socio, anda, nos echamos un póker.

—No, así estoy bien —respondí.

—Bueno, compadre, era para no aburrirte.

Cuando terminé el segundo vaso, me levanté. Al día siguiente me esperaba una jornada larga con *Días de ficción* antes de enviárselo a los Revólver y no podía despertar con una resaca que me impidiera sentarme en el ordenador. David insistió en que me quedara; alcanzaba para un buchecito más de cada uno. Él había tomado cinco o seis vasos: la bebida tan solo le duraba un par de sorbos largos. Pero mi respuesta fue la misma, me tengo que ir, y David pidió que lo esperase un minutico, que quería darme algo. Debajo de su cama guardaba un maletín deportivo Fila donde tenía más fotos, un par de prendas interiores de su negra, que las olió y dijo que su hembra tenía el coño más rico de la isla y del mundo, y una pequeña grabadora. Esto, mi socio, esto escúchalo, dijo, y me la alcanzó y me dio un abrazo impregnado de su tufo a ron, yo era su único amigo en esta nueva ciudad, era su familia. Estaba guardando la grabadora para escucharla con su negra cuando estuvieran juntos otra vez, pero me la prestaba, quería que la oyera, si con lo de la grabadora no escribía de él, perdía las esperanzas de ser alguno de mis personajes.

A David lo conocí en el coin hacía un año y medio. Se paró delante de mí, con su cesto de ropa sucia; llevaba una camiseta verde limón y la luz amarillenta de los focos desnudos que colgaban del techo le daba brillo a su calva. Ven acá, dijo, a ver, enséñame a andar esta nave espacial, mirando a la lavadora. Acababa de llegar de Cuba y era la primera vez en su vida que se topaba con uno de esos monstruos. Esa misma noche, casualmente, nos volvimos a cruzar en el Varadero Market, en los anaqueles de Coca Cola, y me dijo que entre tanta botella grande, tanta botella chica, mediana, de vidrio, de plástico y latas, sentía que paseaba por Disneylandia: antes jamás había probado Coca Cola y se las quería tomar todas juntas. Recién en ese momento nos presentamos: Martín, un placer; David Díaz, respondió, un placer igualmente. Se había conseguido un trabajito en el Vicky Bakery, en esa misma calle, cualquier cosa estaba a la orden. Un par de veces más coincidimos en el coin y también cuando regresaba a mi efficiency después de terminar mis jornadas de escritura en la Public Library, lo veía a través de los ventanales del bakery y lo saludaba con un gesto. Poco a poco nos fuimos poniendo de acuerdo para encontrarnos en el laundry y así surgieron el dominó, el póker, el black jack y el Normandy. Incluso íbamos a pasar la navidad en su efficiency, pero le ofrecieron over time para hornear lechones en el bakery y se quedó trabajando toda la madrugada. Lo mismo sucedió en año nuevo. Yo pasé ambas fechas ocupado en *Días de ficción* con un par de tazas de café y una Perrier helada.

Era poca la ropa que había traído en mi mochila para doblar, así que terminé y encendí el ordenador con la intención de darle una mirada a *Días de ficción*, pero me retracté oportunamente: con la cabeza agotada lo mejor era no asomarme por ahí. Aún no tenía sueño; iba meterme en la cama a hojear una Revólver, dedicada al Miami Underground de los años sesenta, me había aficionado a los artículos de su columnista el Wild Cat, sobre cultura pop de Miami, hasta que me dieran ganas de dormir, cuando caí en cuenta que tenía la grabadora sobre la mesa de noche. Era una Sanyo, de mini cassettes, hacía mucho no veía una. Muchísimo. Hundí play y la cinta reprodujo un ruido que quizá podía ser el de unos pasos arrastrándose sobre ramas, luego el de una respiración cercana, cercana y agitada, y una voz que primero no se entendía ni se distinguía de quién era, pero luego era fácil de identificar: era

David, David diciendo coño, coño mi negra, no sé dónde estoy...

No tengo fuerza ni para caminar.

El bote se viró.

El oleaje, fue el oleaje con el viento.

Me cago en la madre.

El mar me ha varado, estoy solo.

Me cago en la resingada madre que me parió, no sé dónde estoy.

Hacia el fondo veo luces.

Como de ciudad.

No sé dónde pinga estoy.

Luego se escuchó algo impreciso, como si la grabadora se le cayera o se la quitaran. Gritos en inglés. Gritos de David. Más gritos en inglés. Imposible entender qué decían. Retrocedí la cinta y volví a darle al botón de play: pasos sobre las ramas, la respiración agitada, la voz... Play otra vez. Y marqué el número de David, que contestó tras varias timbradas;

de fondo, un murmullo uniforme se confundía con "Hotel California". El ron se le terminó y fue al Normandy, y bebía la cuarta botella de Presidente. Al día siguiente estaba off, había que aprovechar. Oíste el tape, mi socio, oíste el tape, la voz de David se perdía en la bulla de su alrededor. Vamos a ganarnos el Nobel ese, lo repartimos fifty fifty y mando a traer a mi negra. Te espero en el Normandy, socio, vente que debemos brindar porque *Días de ficción* se vuelva el best seller de los Revólver y tú seas el próximo Hemingway, fue lo último que dijo, acentuando way como guéi, y colgó. Dejé la grabadora sobre la mesa de noche, y me metí en la cama con la Revólver.

El Miami del hippismo y la censura

REVÓLVER
EDICIONES

Por el Wild Cat

Miami era una ciudad pequeña y ultra conservadora en los sesenta; sin embargo, no fue ajena al movimiento contracultural y en más de una oportunidad tuvieron desencuentros.

Miami nunca podrá borrar de su ADN el azote del huracán Andrew en al año 1992. Las pérdidas materiales fueron billonarias y algunas irremplazables, como el Miami Marine Stadium, de Virginia Key, a las afueras de Key Biscayne, que a la fecha lo único que le da vida son las hojas secas que se deslizan en el suelo con el favor de la brisa. Las tribunas del Marine Stadium, con vistas al skyline aguamarina de Brickell y a la bahía, en su momento fueron espectadores de Aretha Franklin, Elvis Presley y Queen; aunque la lista de actividades que registra su memoria es larga, y una de ellas es la de la tarde del 22 diciembre de 1969, en la que una multitud de jóvenes alzó sus pancartas de *Make Love Not War,* frente *Beatnik* Allen Ginsberg que se disponía a leer sus poemas. Pero el recital fue breve: entre los versos de "Kral Majales", la policía apagó el micrófono de Ginsberg por comparar la represión de *The Miami Police Department* con la de Praga. El abogado Tobias Simon llevó el caso a corte; a Ginsberg, sostuvo, se le violó el derecho a la libertad de expresión. La sentencia se emitió a favor y finalmente el recital se llevó a cabo en enero -la siguiente aparición pública de Allen Ginsberg en Miami fue en 1972, en Miami Beach, en la puerta del Convention Center, manifestando en la Convención del partido Republicano y más adelante en The Miami International Book Fair-.

De la contracultura y el hippismo, en los sesenta, surguieron las ideas que cambiaron nuestra forma de pensar. Muchas de ellas se divulgaron gracias a periódicos underground como *Los Angeles Free Press*, *The Berkely Barb*, y el *East Village Other*. Estos tabloides de bajo presupuesto batallaron contra la censura y eran colectivos de artistas, escritores y músicos veinteañeros que, con un línea pop distante a las formalidades y solemnidades de la prensa habitual, llevaban un mensaje en contra de la Guerra de Vietnam, del capitalismo, en favor de la igualdad de derechos para los afroamericanos y la mujer, y apoyaban a la revolución cubana –aunque los que se politizaron perdieron su esplendor–. Charles Bukowsky, Hunter Thompson, P.J O'Rourke, Ginseberg y muchas firmas hoy reconocidas dieron sus primeros pasos con estos medios. Si bien San Francisco y New York fueron los bastiones de la contracultura, el movimiento también llegó a Miami y las primeras páginas underground se escribieron en 1969, en el periódico underground *The Daily Planet*, de Coconut Grove, el barrio bohemio de Miami, legendario desde 1927 cuando el Playhouse Theater abrió sus puertas, en el que se gestó el festival Woodstock en una tienda de objetos para fumar marihuana, y Jim Morrison fue arrestado en el escenario del Dinner Key Auditorium en lo que fuera el último gran concierto de la banda The Doors.

Detrás de la edición y gestión cultural de *The Daily Planet* estuvo Jerry Powers, un joven de 22 años, de New Jersey, melómano, columnista y conductor de programas radiales que invitó a Ginsberg al poetry reading en el *Marina Stadium* de Key Biscayne en el que fue censurado. Entonces Miami era un estado conservador de derecha, y Powers lidió con la represión no solo en aquella vez, si no en más ocasiones e incluso enfrentó cargos por distribuir *The Daily Planet* en las calles de Coral Gables, porque su contenido se consideraba obsceno. Además del evento con Ginsberg Powers organizó cuatro eventos más en el *Marina Stadium*, fue locutor radial de programas de culto, y los lectores se encontraron con el *Planet* en circulación hasta

1974, luego se mudó con su familia a New York y años después regresó a Miami, con una idea diferente de la cual aparecería su nuevo proyecto editorial: *Ocean Drive Magazine*.

Revólver Ediciones es una publicación de escritores y periodistas indocumentados que opera clandestinamente desde Miami Beach.

Literatura callejera

La atmósfera del Al Capone era un manto de luz violeta. Empalidecía los rostros. No cabía una persona más en las sillas. Tampoco contra la barra. Cuando en el ambiente se empinaban y chocaban vasos y botellas en señal de salud, un joven de cabellera negra desalineada, camiseta de David Bowie, converse rojas y lentes con marco de carey subió al escenario y se presentó como el Wild Cat. Luego señaló a otro que parecía Sid Vicous de los Sex Pistols, a quien le humeaba un cigarrilo entre los dedos y vestía saco negro de corduroy, camiseta blanca, jean negro skinny y gafas oscuras, era Lasticön, el poeta maldito de South Beach. Como editores de la Revólver, agradecían a los que habían ido a apoyarlos a esa nueva ocasión de *Literatura callejera*. La sala estaba llena y con el fee cobrado por las entradas, se financiaría el próximo número de la revista. Revólver había surgido hacía unos años con el propósito de reivindicar la literatura de Miami y su tradición Noir Tropical y, por supuesto, de la cultura en español en Estados Unidos, pero por ser el español un idioma no oficial en el país, este tipo de proyectos carecían de apoyo institucional y económico, y la única manera de sustentarlos era con la buena voluntad de sus lectores, bien lo había dicho el reconocido autor Roni "el Vaquero Chicano", uno de los primeros en publicar un libro con los Revólver: escribir en español, in the US, es un hecho subversivo.

También querían agradecer, cómo no, a su hogar el Al Capone. El dueño, Vic, que era anglo y no hablaba un coño de español, les había abierto las puertas desinteresadamente para que recaudaran fondos, los martes dictando workshops de escritura, y una noche al mes con las lecturas y recitales de *Literatura callejera*. Pero además era una noche especial. Muy especial. Aparte de las habituales lecturas de sus columnistas, que estarían buenísimas porque el tema sería el Miami Underground de los años sesenta, Lasticön haría un jammin poético de su más reciente poemario, aún inédito, titulado *Poesía Punk*. Y las sorpresas seguían: en el cierre tendrían a Pistolas Rosadas, al mando de su vocalista la chica más pop de South Beach, que tocaría piezas de su nuevo álbum y su hit "Lonely Highway", un himno entre los bares de South Beach.

El Wild Cat terminó sus palabras recordándole a los presentes que el after party sería en el alleyway de atrás con jelly shots de Jägermeister a dos por uno.

Small Talk

I don't care if Monday's blue

Tuesday's grey and Wednesday too

Thursday, I don't care about you

It's Friday, I'm in love

—Qué genial verte, broder.

—No, broder, gracias por invitarme.

—Te presento a Lasticön.

—El poeta maldito. Qué bueno tu jammin. Excelente.

—Gracias, tío.

—Y la banda también genial.

—Oh, sí. Sobre todo la cantante.

—¿Cómo le dicen? ¿La chica qué?

—Pop. La chica más pop de South Beach. Ahí está, mírala, con el Putas y el loco Batanero, sus músicos. Ahora nos tomamos algo con ellos.

—Hey, sorry, les presento a David.

—Mucho gusto, David. Welcome. ¿Los dos vienen de Gables?

—Sí, vivimos cerca.

Panic on the streets of London

Panic on the streets of Birmingham

I wonder to myself

Could life ever be sane again?

The Leeds side-streets that you slip down

I wonder to myself

—¿Unos shots de Jäger y nos sentamos en la mesita de allá a conversar de tu libro?

—Dale, dale.

—Ya vengo entonces.

—Macho, nos encantó *Días de ficción*.

—¿En serio?

—Vale. Escribes muy bien.

—Gracias, Lasticön.

—Por cierto, que veo que mencionas al colectivo de cineastas Milanga en tu libro. ¿No me digais que los conocisteis?

—Trabajé con un argentino que era parte de ellos. Al menos el día entero se la pasaba hablando de los Milanga Filmmakers.

—Joder. Ellos sí que llegaron a hacer cosas muy interesantes.

—¿En serio?

—Pues los premiaron varias veces en la Cinematheque de acá de Miami Beach. Y si no me equivoco siguen juntos. Un grupo más pequeño ya, pero ahí van.

—Qué grande el argentino. Jamás lo hubiera imaginado.

—¿Cómo se llamaba el argentino? Aquí conocimos a varios.

—Ni idea. Era simplemente el argentino. Y yo el peruano.

—Nada raro en esta ciudad. Venga, David, ¿y tú también escribes?

—No, Lasticön, mi hermano. No escribo nada. Pero me he leído todo el libro de mi socio.

—Y qué te pareció.

—Muchacho, me encantó.

—Gente, acá un shot para cada uno.

—Gracias, Wild Cat.

—El famoso Wild Cat.

—¿Famoso? ¿Cómo que famoso?

—Mi socio me ha hablado mucho de ti. Siempre se la pasa hablando de las historias del Miami de antes que tú escribes.

—Man, Martín, qué honor. De verdad que sí.

—Salud.

—Salud.

—Salud.

—Salud. Esto está fuerte con cojones.

De do do do de da da da

Is all I want to say to you

De do do do de da da da

Their innocence will pull me through

De do do do de da da da

Is all I want to say to you

—Excelente música la de este lugar, broder.

—Pues el dj es un tío inglés, pinchaba desde allá. Un locón que le da igual si viene vestido de hombre un día y al día siguiente de mujer. Es amigo de Irvine Welsh y se dice que trippeaban juntos en Londres y Edimburgo.

—¿Irvine Welsh, el de Trainspotting?

—Claro, Martín, tío, quién más. Él vive en Lennox Avenue. A la vuelta del Flamingo Park. Se la lleva muy bien con Vic y por eso se le ha visto en el Al Capone algunas veces.

—No me jodan.

—Yo hasta me lo he cruzado en Publix un par de veces.

—Bueno, Wild Cat, entonces tienes que escribir unas crónicas sobre esos encuentros para la Revólver.

—Algo tengo en mente, sí. "El chico más pop de South Beach", con ese título.

—Qué grande.

The Sharif don't like it

Rockin' the Casbah

Rockin' the Casbah

The Sharif don't like it

Rockin' the Casbah

Rockin' the Casbah

—¿Bueno, nos sentamos a hablar de Días de ficción?

—Yo voy al baño primero. ¿Dónde es?

—Ahí, ni bien abres la puerta, David. A la derecha está la cocina y a la izquierda el baño.

II

Días de ficción

(Final Draft)

Kind of intro o algo así

Mi manera de comprometerme fue darme a la fuga

Joaquín Sabina

Una tarde de invierno, de julio de finales de los noventa en la cual debí asistir a una clase de Derecho Procesal Civil en la Universidad de Lima, preferí sentarme en las escaleras del parque Homero en Orrantia del mar, a unas pocas cuadras de mi casa en la calle Carlos Concha, con un paquete de Marlboro. A un lado estaba la canchita de fútbol en la que celebré mis mejores goles en aquellos años en que la edad me cabía en los dedos de ambas manos y el mundo empezaba en la *Viniball* que rodaba entre mis pies y terminaba en el arco que tenía unos metros más allá. Al otro lado se imponía el acantilado de la

Costa Verde, con su cielo color periódico y su mar donde desembocaban las aguas y los deshechos de los desagues. En esa tarde de invierno, de penumbra, de una hermosura tristísima, que mantengo muy viva en la memoria, encendiendo un cigarro con la colilla del otro, arrojando preguntas al vacío en torno a "mi futuro" —ya había llegado a la edad del futuro: estudiar una carrera, hacerse profesional y todo lo que ello implica— empezó a escribirse este libro, aunque casi nada de lo que cuentan sus páginas había ocurrido aún.

Un viaje hacia adentro

Siempre es temporada alta en Miami, fueron las palabras de la dependienta que me atendió en la agencia de viajes que quedaba enfrente de la Embajada de Estados Unidos, donde me acababan de renovar la visa de turista por cinco años. La dependienta, muy prolija, seguramente próxima a graduarse de un instituto de hotelería y turismo, buscó todas las posibles opciones en su ordenador mientras me comentaba sobre los paquetes turísticos, incluyendo tres días con sus noches en Orlando para disfrutar de los parques temáticos. ¿No quería ningún parque temático? ¿Seguro que no le interesaba Orlando? No. Ni una ni otra. Solo necesitaba un boleto. El boleto más barato posible. La dependienta entendía, pero nada, lo lamentaba, lo lamentaba mucho, no encontraba nada barato. Todo el mundo quiere ir a Miami, no importa la época del año.

(...)

El altoparlante anuncia el embarque del grupo 5. La sala se encuentra casi vacía, acaso algunas platinas de chocolates, envolturas de galletas y botellas plásticas de Coca Cola dispersas entre el suelo y las sillas. Me acerco al tumulto de pasajeros, formo fila atrás de una familia. El papá a la cabeza, lleva los cuatro pasaportes y los boarding pass. Lo sigue la mamá. Los siguen los niños vestidos en distintas tonalidades de azul, y peinados raya al medio.

Adelante, les dice el funcionario en la puerta de la aeronave. Disfruten el viaje.

Y a mí, después de revisar mis documentos, me dice lo mismo.

Afuera los hombres con chalecos amarillos llenan la bodega de maletas.

A mi lado una joven que asoma la treintena de años, lleva el cabello castaño recogido en una cola de caballo, viste ropa deportiva y entretiene a su hijo pintando con crayolas. En la siguiente fila, un sujeto de saco café y mocasines vino tinto acomoda su Samsonite en el compartimento superior luego de sacar un libro de Finanzas Corporativas. Lo demás es click-click de seat belts. Incluyendo el mío.

La azafata de sonrisa interminable, envuelta en un traje azul marinero con pañuelo rojo al cuello, recorre el pasillo con sus tacones que hacen juego con el pañuelo y me pide que acomode el asiento en posición vertical.

Desde la ventanilla, perlada por una capita de humedad, advierto otros aviones en mantenimiento o esperando su turno para salir, y el cielo y su tristeza gris y los cerros que se asientan a las afueras con sus casitas a medio construir incrustadas en las faldas.

Los hombres de chaleco amarillo suben a un carrito y se alejan lentamente. La máquina empieza a andar. Y esa será la última instantánea que registraré de mi ciudad. Empieza el viaje. Mi viaje. Un viaje hacia adentro.

Septiembre 10

On The Road

Dile a papá que me voy de la ciudad
Dile a los chicos que no volveré más

Cristina Rosenvinge

La avenida de la Marina es una versión low budget de Las Vegas.

Neón.

Neón rojo. Amarillo. Morado.

Neón naranja. Neón de carteles de salas tragamonedas y de table dances. De pollerías y de chifas.

Los parlantes escupen el CD Bloodletting, de Concrete Blonde. Rodrigo va al volante, viste suéter gris y pantalones cargo color dulce de leche. Yo, una chaqueta azul de Gap, una camisa a cuadros azul con blanco y un cargo verde aceituna. Nos detenemos en una barra al paso y tomamos dos cervezas Pilsen de un litro en vasitos de plástico. Después seguimos rumbo al aeropuerto Jorge Chávez y sigue también el neón de salas tragamonedas y de table dances. De pollerías y de chifas.

Neón: rojo, amarillo y morado.

Princesas

Me llaman calle
Me subo a tu coche
Me llaman calle
Pisando baldosa, la revoltosa y tan perdida
Me llaman calle
Calle de noche, calle de día

Manu Chao

Los pasadizos eran oscuros y conducían a un salón con sillas forradas por una suerte de cuero sintético rojo. En el ambiente se concentraba un olor a perfume dulzón, cuerpo sudado y cigarrillo. Las mujeres que se desnudaban sobre la barra eran las princesas de ese castillo de cristal que formaban las torres de botellas de Absolut y Johnny Walker, con *I will always love you* o *Lady in red* de fondo. Se desnudaba una, se desnudaba otra y después otra. La regla era ver y no tocar, por eso a sus pies tenían un cocktail de hormonas en ebullición. Los table dance Picadilly y Two Star fueron la primera orilla femenina a la que arribamos mis amigos y yo cuando aún no teníamos la mayoría de edad y terminábamos la secundaria en un colegio de hombres y de curas. El ingreso dependía del buen humor del vigilante y de que dejara deslizar algunos billetes en su bolsillo. Las noches eran largas, o debían serlo porque sin consumo nos echaban, aunque el capital no nos daba para más de dos cervezas que terminaban como un caldo tibio y sin gas.

El encanto de las princesas acaba cuando se encienden las luces, se voltean las sillas sobre las mesas y se recogen los vasos con colillas sumergidas en ese último sorbo que nunca fue porque el hielo se derritió.

Septiembre 11

Universitarios de mierda, váyanse a la concha de su madre.

Jaime Bayly, *No se lo digas a nadie*

Un vuelo de Aeropostal, con escala en Caracas, me llevará a Miami. Me voy por seis meses. Eso se supone. Pero no tengo idea de cuándo volveré. No tengo idea de si volveré. Mi plan es buscar trabajo en lo primero que encuentre y ojalá lo encuentre rápido, porque todo lo que me acompaña son 120 dólares. El hermano de un amigo, Povedano, me hará un espacio en el cuarto que comparte con otro amigo.

Me falta un semestre para terminar Derecho en la Universidad de Lima. La excusa para largarme: me quedé sin trabajo. Mandé a la mierda a mi jefe, el exitoso abogado procesalista Simón Adrianzén. Adrianzén se jactaba de ser honesto hasta que descubrí que no lo era.

Hace pocos días recibí una llamada de la compañía Telefónica del Perú. Me ofrecieron trabajo, quizá algo mejor de lo que tenía, eso nunca lo sabré. Y con buena proyección, esto tampoco lo sabré. No me interesa. Quiero irme. Desaparecer de esa vida de códigos civiles y constituciones, sacos y corbatas, léxico rebuscado y arribistas que unen sus apellidos con un guion — aunque esto lo hacen todos los limeños que no tienen un apellido "importado"—. En mi clóset dejé cinco ganchos con mis sacos y en cada gancho varias corbatas.

Antes de abordar el vuelo introduzco unas monedas en el teléfono público y me despido de mi mamá.

Nine Eleven

Hace un año ocurrió el atentado de las torres gemelas en New York. Estaba en clase de Derecho Internacional Público, en el pabellón D. El profesor encendió la tele y vimos las imágenes: humo, edificios desmoronándose, policía, ejército, luces circulares azules y rojas, paramédicos, camillas, cuerpos mutilados, cuerpos ensangrentados, cuerpos quemados. Parecía un juego de Nintendo. El de Super Contra. Pero era el inicio de la tercera Guerra Mundial. La peor pesadilla de los norteamericanos, el argumento trillado de todas sus películas sobre el fin del mundo se había cumplido: ataque a la Gran Manzana. Fue un ataque, un atentado, un crimen contra el orgullo; fue una masacre a su ego. El shock era tan fuerte que el profesor dijo que podíamos irnos a la casa.

El video de los aviones atravesando las Twin Towers y estas cayendo como fichitas de lego quedaron en las pantallas y primeras planas por semanas. Y de nuestra memoria, "yanki o anti yanki", nunca se irán. Jamás.

Flashback de mi mejor versión

Mis abuelos maternos vivieron sus últimos años en la calle Federico Villarreal, en el barrio de Miraflores. Mi familia y yo nos mudamos allí mientras terminaban de construir nuestra casa, en la Calle Carlos Concha, que fue una extensión, o algo así como un segundo piso, de la casa de mis abuelos paternos. En Federico Villarreal también vivían los chatos, los cholos y el cabezón Rivarola. Los cholos tenían un Nintendo que les envió un tío que vivía en Miami y se ganaba la vida vendiendo cursos de inglés sin barreras entre latinos. En la casa de los cholos pasábamos mañanas enteras jugando a veces Goal y a veces Super Contra, y solo hacíamos pause para servirnos Coca Cola de una jarra color naranja que nos esperaba sobre una cómoda de madera natural con estampas de san Judas Tadeo y Sarita Colonia y velitas misioneras. Al medio día cada quien iba a almorzar por su lado. Las tardes, en cambio, normalmente corríamos en la pista tras la pelota y nos lo dejábamos todo en esos partidos de los que se detienen cada vez que pasa un auto y muchas veces terminan solo cuando la pelota revienta el vidrio de algún vecino. Pero también había tardes que pasaba con mi abuelo, en su escritorio. Tardes enteras. Le gustaba mostrarme un libro que escribió. Se titulaba A *caballo entre la tierra y el cielo,* y era una suerte de memoria de sus compañeros del ejército que ya habían partido. Hablaba con mucha emoción de uno al que apodaban "el catalán pulpero". También de Sáenz, Odonel, Bouroncle y el flaco Alfaro.

En estas postales reposan algunos de los cimientos de mi mejor versión.

Septiembre 11

Aeropuerto de Maiquetía

Entre las 8 y 9 de la mañana

Me acompaña una edición de bolsillo de *La fiesta del chivo* que me regaló mi tía Pilar cuando nos despedimos. Trato de leer y pierdo concentración. Por mi cabeza desfilan instantáneas del edificio del Poder Judicial, el Vargas Alzamora: abarrotado de funcionarios públicos con sacos desencajados que bajo el brazo llevan sus fólders de manila o ediciones pirata de códigos civiles, penales y constituciones. Las paredes color cemento. O color humo. Los pasamanos de las escaleras, rojos. Tubos rojos manoseados por jueces, abogados y fiscales. La última vez que visité los juzgados, un secretario judicial me pidió la plata que Adrianzén había acordado enviarle. El secretario usaba un pisacorbata dorado y su camisa de mangas cortas tenía una mancha de sudor del tamaño de toda su espalda.

Mi tía Pilar también me regaló *Persona non grata*, de Jorge Edwards.

Mi concentración nunca llegó. No pude leer.

Mi vuelo a Miami parte con casi tres horas de retraso.

Final countdown

We're leaving together,

But still it's farewell

And maybe we'll come back

To earth, who can tell?

Joey Tempest

Uno de los socios del estudio de abogados tenía apellido alemán. Su traducción al español era cabeza de perro. El otro un apellido inglés y no sé su traducción al español, pero sonaba como espárrago.

Ninguno necesitaba de un guion medio. En cambio Adrianzén se presentaba como Adrianzén-Robles. Le urgía el guion, porque además era de una provincia y no de Lima.

Los portones del estudio eran de madera, pintados de negro, y las cerraduras color oro con leones en las perillas. El taxi me dejó en la esquina. Era un Tico amarillo mostaza que tomé en la puerta del Vargas Alzamora, entre bocinazos y otros taxis y microbuses que gambeteaban por ganar pasajeros. Le pedí cinco minutos a Adrianzén para comentarle lo sucedido. Alguien me dijo alguna vez que Adrianzén hablaba como muñeco ventrílocuo. Cuando me lo dijeron, lo imitaron. A esa persona no le faltó razón. No somos ni vírgenes ni piratas del Derecho, fue la respuesta de Adrianzén. Ni vírgenes ni piratas, mi amigo. Me lo explicó jugando con un lápiz Mongol # 2 del mismo color del Tico que me regresó del centro de Lima y con las comisuras de la boca de ventrílocuo más marcadas que lo habitual. Tomélo o déjelo, amigo. Lo dejé. Estiró la mano para despedirnos pero se quedó con la mano extendida.

Eran las seis o siete de la noche.

Salí: rumbo errático.

Lo siguiente es una instantánea en la calle de la clínica Americana: ambulancias estacionadas en la puerta, postes derramando su chorro ámbar y chocolateros ambulantes de miradas extraviadas y sumisas.

Test vocacional

¿Por qué Derecho y Ciencias Políticas?

Ensayo de respuesta.

La figura profesional paterna que me tocó tuvo muchos desaciertos. La figura masculina profesional más exitosa —si medimos el éxito desde lo material— cercana que conocí, que ni siquiera era cercano a mí afectivamente, fue la de un tío abogado que siempre vestía trajes impecables, manejaba un Mercedes Benz del año, vivía en una casa con piscina, su garage se abría con control remoto —nadie más quien yo no conocía en Lima tenía eso— y viajaba cada tres meses a Europa, Miami y Buenos Aires. Con mis primos y sus figuras paternas sucedió lo mismo, y también estudiaron Derecho. Vocación de abogado no tuvo ninguno, de esto estoy seguro. También estoy seguro que quería un garage que se abriera a control remoto para no tener que bajar a abrir el portón de madera, que pesaba toneladas, cada vez que mi papá o mi mamá llegaban o salían en el auto de la casa en la calle Carlos Concha.

Septiembre 11

Miami International Airport:

Arrivals

US Passports

All Passports

Te vi quemando el pasaporte con rabia
En la fuente de la plaza real
Entre fuegos artificiales pobres, de pueblo
Y palomas que nos ven pasar

Andrés Calamaro

Una marea de viajantes arrastra sus equipajes de mano sobre el tapete azul. En las paredes cuelgan carteles de playas con arena blanca y mar turquesa, de mujeres empinando copas de martini, de edificios color aguamarina encerrando el océano calmo de una bahía y de palmeras. Carteles y carteles de Exit, Luggage y Customs que desembocaban en otra marea de viajantes en la cual me pierdo, a la espera de ser atendidos por los oficiales de control migratorio.

—Reason of your trip.

El oficial de inmigración es un gorila de gesto adusto, pelo al ras y brazos que parecen chorizos prensados. En el pecho le cuelga una plaquita que dice Trevor Sánchez.

Le digo, le miento, que vengo de vacations. Entonces verifica la información de mi formulario de ingreso a Estados Unidos y la fecha de regreso de mi boleto. Me concede dieciocho días de permanencia en el país. Prácticamente me condena a la ilegalidad desde el momento en que pongo un pie en el Miami International Airport.

No me digas pobre, por ir viajando así

Afuera del MIA me espera mi amigo el gordo, de mal humor por el retraso. Eso me pasa por viajar en vuelos baratos. El día es húmedo. Es caluroso. El cielo radiante y con nubes que provoca apachurrarlas. Tan distinto del viejo pizarrón sucio que siempre enmarca a Lima. Tan decadente. Tan patibulario. Pero que tanto me gusta. Quizá lo que más me guste de ella.

Al gordo lo conozco desde los ocho años y no recuerdo haberlo visto contento en Lima desde entonces. Por eso hizo maletas y se fue. Huyendo de su pesadilla peruana y no en busca del American Dream. Se fue a Weston. Al condominio Lakes of Bonaventure donde vive su hermana, felizmente casada con un rockero clásico ochentero miraflorino, de esos que seguramente al salir de las discotecas pasaban por la avenida Arequipa a insultar a "los cabros" de las esquinas, y que ahora señorialmente maneja un Camry de segunda por el carril derecho, mastica Wrigleys Doublemint y se perfuma con Swiss Army que compra en los outlets de Sawgrass. El gordo llegó con un capital para instalarse y la promesa de un trabajo. O una visa de trabajo. En todo caso algo que le daría estatus legal y le permitiría una entrada de dinero.

Antes de llevarme donde Povedano, damos una vuelta por Sunset Place. Me pierdo en la tienda Virgin

Records. Planta baja: Fito, Calamaro, Soda. Arriba: Concrete Blonde, The Smiths, The Clash, The Police. Olvido que acabo de llegar. Que mis bolsillos se nutren solo de 120 dólares. Que al día siguiente me espera el guion de una nueva vida que no he leído. La Virgin es una ilusión. Las buenas canciones son una ilusión. Nos dan ganas de emborracharnos.

Después pasamos por el drive thru del Wendy's. El gordo pide chicken nuggets y yo una double stack solo con mayo y cebolla y una porción de papitas. Las órdenes son del dollar menu.

Breve diario de un dishwasher

Tenés que hacerte valer

No sos un trapo de piso

Hoy decidís un país

Podes cambiar este gris

Ahora o no lo haces más.

Fito Páez

Día 1

Yo también me llamo Perú...

Lleno un *employment application form* en el restaurante peruano El Farol. Queda en la Coral Way. El trato es directo con el dueño. Cuando le explico que no tengo papeles, me dice no importa, Perú, para eso estamos. El trabajo es en la cocina, de *dishwasher*. Aunque si los fines de semana hace falta, también ayudaré en las mesas. Sobre todo los domingos. El único lazo que no corta un inmigrante con su país es el de la comida, dice el dueño. Por eso los weekends tiene eso lleno de gente que va a comer su ceviche. A tomar su Cuzqueña. O su Pisco Sour.

Mis compañeros son salvadoreños y guatemaltecos y cuando nos presentan, antes que mi nombre, preguntan de qué país soy —lo mismo hizo el dueño antes de interarse por mi nombre—. El trabajo también contempla picar vegetales y botar la basura al contenedor verde que hay en el *alleyway* de atrás. La paga: cincuenta dólares diarios.

¡Bienvenido, Perú!

¿De qué país eres?

La primera pregunta que le hacen a uno y que uno hace cuando le presentan a alguien es ¿de qué país eres? En Lima la pregunta es ¿de qué colegio eres?

¿Quiénes somos? ¿De dónde venimos?

Antes de subirnos al avión somos seres completamente diferentes de los que somos cuando nos bajamos. Los días previos a la partida, uno es el centro de atención, una suerte de tipo valiente, rebelde, con las agallas de ir a buscarse la vida a otro lugar. Cuando aterriza es solo un rostro más. Un rostro más de esa pirámide social invisible que es el estrato de millones de indocumentados, que pedirá una oportunidad en cualquier restaurante o tienda en el que cuelgue el cartel de *Help Wanted*.

No encuentro ninguna relación entre el sujeto que está acá, en Miami, en Coral Gables, y el que cruzó los controles migratorios peruanos. Ninguna.

Día 2

Del efficiency al Farol demoro quince minutos en bicicleta. No conozco las calles. Mi referencia son unos trazos con lápiz, a manera de mapita, que ha dibujado Povedano en una hoja de block el día que llegué. La ruta es desde Antilla hasta Ponce de León, y desde Ponce de León hasta la Miracle Mile. En la Miracle Mile a la izquierda, y ahí pedaleo hasta el restaurante en línea recta.

El segundo día el dueño me entrega unos guantes de látex para que me proteja las manos. Aprovecho para decirle que no me pagó la noche de ayer, al cierre. Cincuenta al día no significa que me los dará al final de cada *shift*, dice. Me lo dará todo junto el viernes, al *closing* de la semana.

I Want to Ride My Bycicle

Povedano me recomendó comprar una bicicleta con los 120 dólares en una tienda de bicicletas usadas de la Coral Way. Así sería más fácil buscar trabajo y movilizarme. Que no me preocupara por pagarle a cambio de vivienda. Conforme fuera ganando plata, al primer o segundo mes, ya podría contribuir con los gastos. Povedano vive con Requena, también peruano. A Requena lo conocí una semana después. Nuestras rutinas son muy distintas: él trabaja en un restaurante tailandés, no sé sus horarios y nunca está en la casa. Aunque lo mismo sucede con Povedano, que trabaja en el valet parking de las Giralda Towers durante el día y por las noches lo esperan las ollas y platos sucios del Chateau Bleu, un restaurante griego, cerca de donde vivimos, al cual llama el Chato Azul, y que cuenta la leyenda urbana miamense que el dueño, Costas, un enano barrigón y sin pelo en la cabeza, que cuando ve a los cocineros desocupados se molesta y golpea las ollas con un cucharón, llegó a Miami porque viajaba en un barco desde Grecia hasta América y en algún punto del trayecto se tiró al agua —aunque seguramente fue que en uno de los puertos de escala no volvió más a bordo— y desde allí inició un periplo que lo trajo a Miami.

Día 3

El sábado habrá un almuerzo para quince personas en el Farol. El dueño prepara la comida y supervisa que todo esté ok. Pero además de supervisar, el día entero se burla de mí: les comenta a mis compañeros que vengo de un lugar al cual a ellos no los dejarían entrar por indios y pobres. Que nunca he lavado una cuchara y ahora pretendo lavar platos. Es cierto: nunca lo he hecho. Durante las horas frente a los trastes sucios, el ruido del chorro del agua es un taladro a la memoria que me recuerda que, mientras duermo en el suelo, sobre un colchón con una sábana y a la mañana siguiente me espera una esponjita verde sumergida en detergente con aroma a limón para lavar platos, mis amigos se están haciendo el nudo de la corbata y pronto se graduarán de abogados, administradores, economistas e ingenieros. Aún no he cruzado palabra con los guatemaltecos y el salvadoreño. Los tres trabajan con mandiles blancos. Yo, con mi propia ropa: el dueño dice que para lavar platos no se necesita mandil. Los tres tienen el cerquillo como la cresta de una ola gracias a las bondades del gel. Los tres pareciera que se entienden bien, aunque no se hablan o se hablan muy poco.

Además del ruido del chorro del agua y del de el choque entre platos y tenedores y cuchillos, a la cocina le da vida una radio pequeña sintonizada en una estación de música latina. Por lo general, suena Maná. Las paredes son color cemento. No hay ventanas, solo una puerta azul para salir al alleyway a echar las bolsas de basura. Es esperanzador ver cómo se van llenando esos tachos con pellejos de pollo, huesos y cáscaras porque significa que tendré que salir a vaciarlos y escaparé de esas ollas, hornillas y sartenes claustrofóbicas.

Cerca de las estrellas

El sujeto es espigado y esconde la mirada bajo la viscera de un gorrito Nike. Prefiere estacionar el Porsche azul, Carrera 911, en el alleyway. Entra por la puerta de la cocina, la misma por donde salgo con mis bolsas de basura cada tanto. Su plato preferido es el Ceviche de Camarones, que se sirve en copa. Lo acompaña con Inca Kola sin hielo porque cuida su voz. No se le debe incomodar, menos pedirle un autógrafo. Esas son las indicaciones que recibo del dueño. Cuando el sujeto espigado pasa junto a mí y mis torres de trastes sucios, recuerdo cómo se encendían las pistas de baile en Lima ni bien empezaba a sonar su hit "Mujeres". O mis viajes a los juzgados del centro, en los que el taxista subía el volumen de "Señora de las cuatro décadas".

Al restaurante italiano que está al cruzar la calle, cuentan los guatemaltecos, cuenta el salvadoreño y cuenta el dueño, va el Puma José Luis Rodríguez a tomar sopa de cebolla por las tardes.

Día 4

Primera semana de trabajo concluida. Primer salario en Estados Unidos. Al momento del cierre solo quedamos el dueño y yo. Siempre soy yo el último en irse, porque debo botar la basura; los guatemaltecos y el salvadoreño se van por lo menos una hora antes. Le pido al dueño que me pague cuando estoy por salir y me dice que no sé lavar platos, los lavo pésimo. Que me vaya. Que no vuelva. Que no me va a pagar. Entre él y yo media una olla de ají de gallina para quince personas y la tiro al piso. Intenta levantarla. Me insulta y salgo. Escucho que grita "te cagaste conchetumadre, limeñito de mierda". En el poste donde tenía encadenada la bicicleta solo está la cadena, se la han robado. El dueño sale a buscarme. Me sigue insultando y corro, escucho más mentadas de madre y que ya me cagué limeñito hijo de puta. A un par de cuadras me detengo, casi al llegar a la Miracle Mile.

Fin del breve diario de un dishwasher.

Septiembre 20

Al lado del colchón en el que duermo hay un equipo de música y dos estuches con CD's que aún no he tenido tiempo de revisar. Como cosa rara, Povedano llega al efficiency temprano. Lo mismo sucede con Requena a los pocos minutos. Les cuento lo que ha pasado en El Farol y me dicen que no me preocupe: nunca falta un hijo de puta que nos bautiza y no debería extrañarme de que sea un compatriota. Requena me ofrece su bicicleta para que salga en ella al día siguiente a buscar trabajo; él puede ir al suyo caminando. Y me dice que en cuanto haya algún *opening* en el tailandés, me avisará para que vaya a aplicar.

Povedano sale unos minutos al Seven Eleven y Requena me cuenta que a él lo cagaron en uno de sus primeros trabajos, en el bar Satchmo's. Cuando correspondía el pago de su quincena, le pidieron su Social Security para programarlo en el payroll. El manager era un gringo que al contratarlo le dijo que no era problema que no tuviera Social. Pero a la hora del pago el gringo se hizo el huevón, le dijo que desde el primer día se lo pidió y Requena nunca se lo trajo. Entonces lo echó. Que no volviera más si no quería tener problemas.

Povedano regresa al efficiency con un twelve pack de Corona y tres Philly Cheese Steak. Comemos, tomamos y hablamos mucho de Lima. Y hablamos también de los papeles, de las mil y un trampas que hay para legalizarse, ya sea casándose con una cubana, falsificando una partida de nacimiento cubana, o tramitando ciertos tipos de visa impensables que existen entre los visados de Homeland Security. Todas las opciones cuestan un buen billete. Ninguno tiene la plata. Pero de saber que existen, uno refriega más duro la esponja con detergente de aroma a limón contra el plato sucio; pedalea más rápido.

Por ahora el único horizonte es trabajar y eso, donde nos movemos Requena, Povedano y yo no es problema. Es un sistema paralelo perfecto, muy bien engranado y con sus propios códigos: puedes tener la cantidad de trabajos que quieras y hasta permitirte cambiar de uno a otro, el mismo día, si no te gusta el que tienes.

Efficiency

Efficiency es una manera sofisticada de definir una habitación con capacidad para una persona en la que viven cuatro o cinco. ¿Cómo lo llamaríamos en español? ¿Cuartucho? ¿Cuartito? No sé, no creo que tenga traducción. En Coral Gables abundan, porque son viviendas baratas en una zona que es costosa; eso permite a los inmigrantes de pocos recursos mudarse a esas áreas, donde podrán trabajar en restaurantes, bares y valet parking. Yo me estoy quedando en el efficiency de Povedano y Requena.

¿Años?

La segunda pregunta obligada es ¿cuántos años tienes en Miami? Cinco es más o menos el tiempo de adaptación al nuevo país. Antes se vive en un mundo paralelo, con la comparación de lo dejado atrás, que incluso tiende a idealizarse. No tengo ni dos semanas en Miami y me parece que tengo tantísima agua por navegar. Todo lo comparo con Lima. Despierto y tardo en asimilar dónde estoy. Me ganan el temor y la ansiedad. En la calle busco asociar las caras con las caras de Lima.

Septiembre 23

Cruce de Galiano Street & Miracle Mile

Potato Shop abre a las 8 a.m. Sirve desayunos y almuerzos y su fuerte son los deliveries. Requena y Povedano han pasado por sus filas en algún momento. Precisamente Requena me comentó que estaban buscando alguien para los deliveries, que fuera de su parte. La dueña es una pelirroja ondulada, regordeta y en sus *mid forties* llamada Gretta. Sobre el mostrador hay empanadas. En la pared, la bandera brasileña con sus letras *ordem e progresso* y una foto de Pelé al centro de una cancha de fútbol, pisando una pelota. Gretta me pregunta mi nacionalidad, no mi nombre, y cuánto tiempo tengo en Miami. Par de años, me recomendaron decir Povedano y Requena. Los customers generalmente son *lawyers* y banqueros, explicó Gretta, y me van a dejar buenos *tips*. La paga es 5 la hora y el horario es de 8 a.m. a 2 p.m. A medio día tengo derecho a un sándwich y una lata de soda. Ah, y por la mañana, al llegar, tengo derecho a una taza de café americano, aunque Gretta me dice que ella normalmente trae una coladita para todos —además de ella y yo, trabajan dos personas en la cocina—.

Acepto.

Diez minutos después llega el primer pedido para el Suntrust Bank de Alhambra Circle.

La lluvia del trópico inunda la calle y no tengo idea dónde queda el Suntrust Bank de Alhambra Circle. Igual pedaleo en la bicicleta de Requena. Pedaleo con ilusión. O pedaleo con temor. No lo sé, pero lo hago con fuerza. Mucha fuerza.

Soda

Palabra a la que mis oídos no ceden fácilmente. Para mí es gaseosa o bebida. Povedano y Requena ya dicen soda.

Coladita

Café Cubano que de un vaso se sirven muchos vasitos miniatura personales. Es muy dulce. Muy cargado. Es parte del ADN de Miami: sin distinguir nacionalidad, todos toman dos o tres vasitos miniatura a lo largo de sus horas de trabajo. El vaso con el café rota de mano en mano y cada quien sirve. La coladita se hace esperar con ansias. Todo para unos instantes cuando llega. Se intercambian algunas palabras. Es una suerte de pipa de la paz.

Septiembre 28

Soy una raya en el mar, un fantasma en la ciudad,
mi vida va perdida, dice la oscuridad.

Manu Chao

¿Principio o fin? No sé. Hoy me quedé ilegal. No lo comenté con nadie. Absolutamente con nadie. No estoy seguro de si la manera correcta de explicarlo sea decir que es la misma sensación que una pérdida o un luto, pero la única vez que me sentí así, igual, fue cuando murió mi abuelo materno.

Mi (primer) sueño americano

Estamos en la Piazza Navona, Roma. Mi papá. Mi mamá. Mi hermana y yo. Jamás hemos estado antes allí. Hay una manifestación y mucha gente. Nosotros estamos a un lado, no nos interesa lo que sucede. Lo habitual: mi papá y mi mamá pelean. Aunque esta vez deciden separarse. La edad de mis padres es la actual, pero mi hermana y yo somos niños. Muy niños. Ella quizá cinco. Yo quizá diez. Mi hermana lleva puesto un vestido azul y blanco y agarra a mi papá por una mano y a mi mamá por otra. Llora. Su desconsuelo es total: mis papás van a separarse. Trato de sacarla del medio de ellos y no puedo. No me puedo acercar, no sé por qué. Me quedo parado a unos metros viéndola llorar. El llanto no para. Tampoco la manifestación.

Este ha sido el primer sueño que recuerdo desde que he llegado a Miami.

Septiembre 30

Voy con Requena a la Public Library de Coral Gables a revisar nuestro mail. Es gratuito. Además de revisar su e-mail, el plan de Requena en su día off es hacer el laundry.

La Public Library es especialmente acogedora: arquitectura antigua, estilo Mediterranean Revival y dispuesta de estantes abarrotados de libros. El olor me recuerda al del aeropuerto, hasta ahora no había vuelto a mí este olor. Es un olor que nunca llegaré a descrifrar ni a poder compararlo con otro, lo más parecido quizá sea el olor de una caja de Nintendo por dentro, pero prefiero simplemente identifcarlo como olor a aeropuerto de Miami. La dependienta es una señora mayor y pausada que pide mis datos para hacer mi *registration*, solo con una tarjeta de miembro puedo tener acceso a las computadoras y a los libros. La tarjeta es bien Floridian: una naranja, palmeras y contrastes amarillos.

No hay dos computadoras juntas disponibles y me ubico un poco lejos de Requena. En el inbox tengo más de cincuenta mensajes sin abrir —primera vez que reviso el mail desde que llego— y casi todos los contactos del messenger están bloqueados: prefiero tenerlos así y desbloquear según con quien decida conversar. Varios correos son de Rodrigo. Dice que le escriba o que lo llame. También hay un correo de mi mamá donde pregunta cómo estoy, si estoy comiendo bien, y cómo estoy haciendo con la plata.

Réquiem por mi sillón que no fue Voltaire

Desde la ventana de mi cuarto en Lima se veía la cocina. La ventana de la cocina, con sus marquitos de madera blancos. A mitad de mañana, cuando el olor a guiso y condimentos se apoderaba de la casa en la calle Carlos Concha, corría la cortina sin que mi mamá se diera cuenta y la observaba desde mi sillón verde oliva aterciopelado. Mi mamá comandaba sus cuatro hornillas a gas en bata y con su cuchara de palo. Su eterna y mayor preocupación fue cocinar rico. Resultaba habitual que en la casa hubiera uno o dos comensales extra por día: algún tío, algún amigo mío. Pero los últimos años en Lima la economía de la casa hizo agua por todas partes y mi mamá volcó esas frustraciones sirviéndonos unos platos desbordados. Los fideos, las papas, las zanahorias escapaban de los contornos. Eso era un bálsamo para la conciencia de mi mamá. Era su manera de demostrarnos cariño y amor.

Una de las mayores satisfacciones que se permitieron mis padres fue remodelar la casa de la calle Carlos Concha: construyeron un comedor con vigas de madera en el techo, patio con mesa de ping pong, parrilla, helechos y geranios, y un cuarto, independiente y distante, para mí. ¡El sueño de la casa propia! De ella, se suponía, en unos años, saldrían sus hijos un sábado por la tarde, perfumados, en dirección al altar de la Medalla Milagrosa, a formar una familia por los siglos de los siglos; y no un día de semana, de madrugada y con gastristis y con un maletín de mano con cuatro trapos y un boleto a Miami, solo de ida.

Los arreglos en la casa de Carlos Concha tardaron entre ocho y nueve meses, y en la nueva distribución de muebles, dos libreros repletos de libros que nadie quería y que no había mucho que se pudiera hacer con ellos porque eran de madera antigua y pesaban una tonelada, terminaron empotrados contra la pared de mi cuarto, junto a un sillón verde oliva aterciopelado, que tampoco había dónde colocar. Las repizas de los libreros, descubrí acostado en el sillón siguiendo con la mirada las estelas del humo de mis Marlboro, se surtían de páginas de Mario Vargas Llosa, García Márquez, Sábato, Cortázar, Truman Capote, Bryce, Cabrera Infante. Y así fue como llegué a García Márquez, por unas ediciones en tapa dura de *Ojos de perro azul* y *Doce cuentos peregrinos*, no por *Cien años de soledad*; y a Vargas Llosa por *Conversación en la catedral* y la *Guerra del fin del mundo* y no por *La ciudad y los perros*; y más adelante, en los años universitarios, mientras mi mamá se batía a duelo con su cucharón de palo y una olla y yo debía estar en clase, inventaba cualquier excusa para no moverme de mi sillón y sumergirme en las hojas de las *Historias de los cronopios y de famas*, o de *A sangre fría*. El futuro estaba ahí, en esos papeles amarillentos de esquinas dobladas y con olor rancio, en esas letras, no en las de los escritos judiciales. Ni en las corbatas. Menos en los apellidos con guion medio.

Día off

No tengo días libres en el trabajo, tengo días off.

Olores

Una ciudad también se nos revela a través de sus olores. Uno de los olores típicos es el de las pequeñas oficinas de latinos clasemedieros, por ejemplo: agencias de seguros y paralegals donde entrego deliveries. Es un ambientador Glade de canela con pino que definen como olor de *Cashmere Woods*. En el efficiency de Requena y Povedano el plug in de Glade es de Hawaian Breeze.

Octubre 6

Hay un opening de *bus boy* en el Thai Orchid. Para el shift de las tardes. Me recibe Niza, la dueña, una mujer oriental, y como a toda oriental, le dicen la china, sin importar —o sin saber— si es china o japonesa o tailandesa o vietnamita o filipina. Cuando habla expulsa tufo a alcohol. Sin preguntar mi nombre, solo mi nacionalidad, me jala de la camiseta y me dirige hacia la cocina mientras va diciendo "cut, cut, cut" y con la otra mano hace como si tuviera una tijera. Ese mismo día empiezo a despellejar muslos de pollos crudos que luego irán a la olla. Mi shift termina a las 11 p.m. y me pagan cinco dólares la hora, más lo que se junta y reparte de tips entre todos los meseros, bus boy y cocineros.

Cut, cut, cut!

Opening y bus boy

Estas palabras se acoplan a mi vocabulario desde que las escucho por primera vez. El bus boy es una especie de comodín en un restaurante: ayuda a los meseros y ayuda en la cocina. Si no las uso no me entienden. El recién llegado dice "mozo", trabajar de "mozo". Otro término nuevo que adopté en estos días fue *dale, pues*. Cuando llamo a Lima, empiezo a sentir extraño cuando en lugar de *dale, pues* me dicen bacán o mostro. Los sonidos de las palabras se van acostumbrando, amoldando a nuestros oídos, mientras otras van perdiendo su lugar.

Mi primer mes. Lejos de mi primer millón

Poco a poco voy entendiendo por qué la gente se queja de falta de tiempo en esta ciudad. Trabajo en Potato Shop de 8 a.m. a 2 p.m. y en Thai Orchid de 2:30 p.m. a 11:00 p.m. Sigo usando la bicicleta que me prestó Requena, y antes de encadenarla en el alleyway de atrás del Thai Orchid, me cambio la camiseta que llevo puesta por una de las negras que me ha entregado Niza.

Trataré de que mis días off en Potato y Thai Orchid coincidan. Así podré descansar un poco.

La Miracle

La Miracle Mile es un desfile de camisas Nautica y Ralph Lauren por dentro del pantalón, mocasines, correas de trencitas, mujeres que cubren casi por completo su rostro con gafas de sol y cargan bolsos Coach a la altura del antebrazo.

A la milla de la maravilla le asienta bien que el cielo no tenga nubes. Más radiante. Es la calle de las tiendas de vestidos de novias. De lunes a viernes tiene músculo, a toda hora viene y va la gente. Los sábados agoniza y los domingos muere.

Nada más patético que la vidriera de una tienda de vestidos de novia un día domingo.

Octubre 10

En esto consiste mi trabajo: despellejo pollos, lavo y
pico vegetales, relleno con agua los vasos de los clientes
y limpio los restos de caca de los baños. Además, en
ciertas ocasiones debo pararme en la puerta de Thai
Orchid, vestido con un kimono, para dar la bienvenida
a los clientes. Mis compañeros son un mexicano, dos
cubanos y un argentino, hincha del San Lorenzo de
Almagro, flaco, de facciones muy marcadas, un poco
mayor que yo y con pretensiones de artista —no me
queda claro si de cineasta o de actor, pero a menudo lo
escucho hablar del colectivo Milanga, con quienes hace
cortometrajes—. También están Requena, que ya es el
mesero estrella, y la colombiana Clarita, que es la mano
derecha de la china. En comparación con El Farol,
esto es un ascenso laboral. Recién advierto lo lúgubre
que era El Farol y que, además, le faltaba un buen

aire acondicionado, y que la presencia constante del dueño le daba al ambiente un silencio sepulcral. Tengo códigos comunes con la colombiana Clarita, el click es inmediato, y con el argentino converso de música de su país: para él, el mejor ha sido Miguel Abuelo. Para mí es Calamaro. No sé nada, dice. Con los salvadoreños y el guatemalteco de El Farol jamás existió contacto alguno.

La china pasó la mañana encerrada en su oficina tomando kirin y sake, y al caer la tarde salió y nos echó a todos del trabajo: *you are fired, you are fired, go, go*. Clarita y el argentino me dicen que no haga caso, lo hace con frecuencia. Al día siguiente todos llegan igual a trabajar, porque no se acuerda de nada.

Nocturno de Lima

Los jueves dábamos vueltas por Miraflores, en el Corolla de Rodrigo, con un six pack de Cristal. Después caíamos en Barranco, a los bares Mochileros, Sargento Pimienta o el Dragón, que eran los lugares donde mejor música ponían en la ciudad: Morrisey, The Clash, The Cure. Para música en inglés, los ingleses, no los gringos que se han querido inventar músicos o bandas como Nirvana con Kurt Cobain, Michael Jackson o Prince para estar a la par, sin tener punto de comparación. Y los argentinos eran los ingleses de Latinoamérica. El primer Soda, nuestros Smiths. El último, U2.

Dos o tres años atrás empezamos a frecuentar Barranco y dejamos de ir a las discotecas de camisita almidonada, a las que íbamos con los amigos del colegio, donde los cuerpos se agitaban con "Dónde estás corazón" de Shakira o "Mil campanas" de Alaska y Dinarama. En Barranco descubrimos la bohemia limeña, tan ajena a nuestro círculo o entorno social reñido con la humanidad. Un círculo que es un remedo de clase alta que se resiste a aceptar su condición de clase media. A lo mejor, si hubiera crecido en otro contexto, no estaría escapando de mi país para encontrar mi lugar en el mundo.

Rodrigo y yo teníamos conexión en la música. Podíamos pasar una tarde o una noche entera sin dirigirnos la palabra, pero siempre con música de fondo. El silencio jamás pesó, jamás resultó incómodo.

El último jueves

Mi último jueves en Lima fui con Álvaro a *La posada del ángel*. Se presentaba Marco Polo, un trovador con repertorio de Serrat, Sabina y Silvio Rodríguez. Uno de los eternos delirios de Álvaro fue poner una *Posada del ángel* en Miami. Con dos tragos, incluso, aseguraba que ya tenía visto un local en Coconut Grove.

Álvaro era otro desertor de las discotecas de camisita almidonada. Un tipo muy temperamental, muy neurótico, marginal. Esa noche, frente a Marco Polo y unas pocas mesas donde se empinaban copas y se consumían colillas de cigarro, se fueron cuatro botellas de Malbec López. Hubo mucho silencio entre canción y canción y lo hubo en los intermedios. El silencio se impuso. Un silencio de nostalgia anticipada. Un silencio con el favor del Malbec o con su complicidad. Un silencio que se confundía con las letras de esas canciones de Serrat, Sabina y Silvio que más de una vez fueron mis balones de oxígeno.

Al final de la velada le compré un CD a Marco Polo que fue parte de mi equipaje. En el camino de regreso, Álvaro recordó los años que estudió en Filadelfia. La distancia era jodida, y eso que a él lo esperaron una universidad, un departamento y un auto BMW. A mí, con suerte, me recibieron un colchón en el suelo y torres de platos sucios.

Octubre 11

El argentino enciende un Marlboro en el alleyway, junto al poste donde voy a amarrar la bicicleta, y tiene un shot de colada que uno de los meseros de otro de los restaurantes le regaló hace unos minutos. Me pregunta cuánto tiempo tengo en Miami y se ríe con mi respuesta, aún no sé nada, che, dice. Él lleva ocho años. Lo más importante que le ha enseñado la ciudad es el desapego emocional. Es una ciudad transitoria. Todos llegan y se van de regreso a su país cuando juntaron algo de guita. O se van más al norte, porque, no se cansan de decir, la calidad de vida de Miami es una mierda. Esto te enseña a no crear lazos fuertes con las personas y, si los creas, te repones rápido después de las partidas.

Alleyway

Me gusta esa palabra, es más refinada que callejón. Los alleyways son los callejones de atrás de los restaurantes y tienditas coquetas de Coral Gables. La parte más fea de la parte más linda, el Lado B. En esos callejones, que de noche suelen ser oscuros como de persecución de película policial, se amontonan los contenedores de basura, los cartones de cajas, cajas, sillas, camiones de proveedores de frutas y verduras, mesas viejas y las bicicletas de los empleados de los restaurantes. También les cuelgan cables por todos lados. Muchos. Cables por las paredes, por los ductos de los aires acondicionados, por las tuberías, por los postes, que son viejos y de madera. Y es el punto de encuentro del personal de cocina: ahí fuman, toman coladitas, comen en sus breaks, extrañan sus países, sueñan con tener los papeles, venden social securities falsos, putean de lo explotadores que son los jefes, gramputean de los clientes, y entre los de uno y otro restaurante se recomiendan mejores trabajos. Uno de los espectáculos más desoladores es ver la lluvia del trópico bañar los alleyways sin ningún tipo de clemencia.

.

Octubre 12

El fuera de juego era evidente

Andrés Calamaro

Clarita entra al baño mientras yo cambiaba la bolsa de la papelera —debe cambiarse por lo menos dos veces al día— y se saca la camiseta porque huele feo. En su bolso tiene otra, que deja sobre el lavatorio, y antes de ponérsela se mira en el espejo y se agarra las tetas con las dos manos, las junta un poco, luego acomoda una de las tiras del sostén, luego la otra. Después me dice que no tengo pinta de peruano, que los peruanos que ella conoce son como los de la señorita Laura, del programa de Laura Bozzo, sin dientes y con cara de indios, que más parezco argentino. Yo solo tengo ojos para las tetas y el sostén de Clarita.

Octubre 16

Estoy off en Potato Shop, así que aprovecho para trabajar un full shift en Thai Orchid. Desayuno en el efficiency con Requena. Me cuenta que es hijo de padres divorciados y su papá quiere que regrese a Lima a seguir sus estudios de Economía en la Universidad del Pacífico. Requena vivía con su mamá y perdieron la casa en una hipoteca con el banco. No tenía dónde ubicarse y terminó en Miami, y su mamá donde una tía. No extraña Lima en absoluto, y mucho menos la universidad. A pesar de que con solo tres años más de estudio hubiera tenido el futuro asegurado en cualquier banco o empresa de Lima, vestido de saco y corbata, acá se siente libre y más cerca de sí mismo alzando platos con red chicken curry o pad thai. Eso sí: no se ve a largo plazo en Miami, quiere ahorrar e irse a otra ciudad. A otro país, por eso no está seguro de si quiere legalizar su estatus migratorio y gastarse todo su billete en eso. O incluso a algún pueblito de la costa en el norte del Perú. Después mira *La fiesta del chivo* junto al colchón donde duermo y dice que tiene un libro por ahí para prestarme. Uno de Fuguet, pero se lo tengo que devolver porque su primo Renato se lo regaló en el aeropuerto cuando se despideron en Lima.

¿Yo qué hacía?

Le comento y Requena me dice que él también fue varias veces a los juzgados por lo del juicio contra su casa y los detesta. Los detestaba más cuando hacían sus polladas por el día de la secretaria y uno les tenía que comprar entradas para que lo ayuden con las sentencias de sus procesos. Se la pasó comprando y comprando entradas, como un cojudo, e igual lo cagaron con la hipoteca.

Mañana no te veré en Miami

Nadie sabe darme una respuesta de por qué no se ve a largo plazo en Miami. Parece que simplemente siguieran un script y lo repitieran. Algunos llegan a decir que es porque no quieren que sus hijos crezcan acá, pero ni siquiera tienen hijos ni pareja para concebirlos. Mi panorama aún es tan incierto como la espera del cara o sello de una moneda.

Ground Zero

Puedes haber estudiado Derecho en la Universidad de Lima o Economía en la Pacífico o Administración o Arquitectura, pero para lavar un plato con restos de fideos vales 5 dólares + tip, lo mismo que un cubano que ha llegado en balsa, que un mexicano que apenas terminó la secundaria y cruzó de mojado, o que una colombiana que en vez de usar un cuchillo para empujar la comida usa los dedos.

Octubre 18

Ir.

Venir.

El apuro.

Las lluvias del trópico que bañan las aceras rojizas y los deliveries que son impostergables.

La humedad de después.

El calor sofocante del medio día.

Pedalear y pedalear.

Ya me cansé. He hablado con la china y acepta que trabaje full time en Thai Orchid. En Potato, al terminar ayer, aprovechando que cobraba, le dije a

Gretta que no volvería.

Decidí permitirme una pequeña vacación y tengo un día libre antes de empezar mi nuevo horario. En el efficiency no hay nadie, tengo un paquete de pasta que he comprado en Winn Dixie de Coral Way que pensaba preparar, pero me daré un gusto e iré al Dennys de la Miracle Mile a comer una hamburguesa. Me resultan tan libro de Fuguet los Dennys.

Hace dieciocho días revisé mi mail en la biblioteca, con Requena. Hoy hubiera sido buen día para hacerlo otra vez, pero la resaca de Lima me duró varios días. La relación que se mantiene a la distancia con ese cúmulo de afectos que han quedado atrás no es sana. Aunque el distanciamiento te puede jugar la mala pasada de distorsionar la realidad.

En el Dennys me atiende una mujer obesa y afroamericana a la que le cuesta caminar por la gordura. Deja el menú sobre la mesa sin decir hola y se queda de pie, con su libreta en la mano. Ordeno una cheeseburger solo con mayo, cebolla, papas fritas y una Coca Cola llena de hielos. La mujer se aleja lentamente, arrastra los pies, se apoya en cada silla o mesa que encuentra en el camino.

Después de comer y tomar tres refills de Coca

Cola, vuelvo al efficiency y me tiro en el colchón con el álbum de CD's. Entretanto hundo el botón de play en el equipo, suena el Mirrorball de Sarah McLachlan y en adelante este será el soundtrack de mis primeras impresiones en Miami:

Building a Mistery

Aida

Ice Cream

Hold On

Double with cheese

Años grises. Grises porque fueron en invierno y el invierno en Lima es color falda de colegio. No íbamos a la universidad; en nuestras casas pensaban que sí. No teníamos idea de qué queríamos estudiar; en nuestras casas pensaban que sí. Que Derecho. Ignacio y yo dábamos vueltas por todo San Isidro y Miraflores en el Mazda 323 que heredó del chofer de su abuela y que se caía a pedazos. Al Mazdita le decíamos "la marmaja". La ruta era vueltas y vueltas por Miguel Dasso en San Isidro y en el malecón de Miraflores. Nuestro único objetivo en la vida era concreto y a corto plazo: conseguir diez o veinte soles cada uno para poner gasolina, recluirnos en el billar de Enrique Palacios y comprar dos double cheese solo con mayonesa y cebolla del Burger King en el grifo de Pezet. Nos financiábamos vendiendo lo que encontrábamos en nuestro camino a los ambulantes que se paraban en la esquina de la clínica Americana. Más eran las veces en las que no conseguíamos un centavo y la marmaja se quedaba tirada sin gasolina en cualquier esquina. Registro instantáneas memorables de esos años grises que reservaré para cervezas con los amigos, pero fueron desvergonzadamente felices.

Octubre 19

Lima Connection: Pay Phone del Seven Eleven entre Salcedo y la calle 8

He llamado dos o tres veces al gordo desde que llegué. Suelto unos quarters por la ranura, abro una lata de Coca Cola y un Kit Kat y hablo largo rato. Con calma y sin joder a nadie en el efficiency. Desde que el gordo me buscó por el aeropuerto no nos hemos vuelto a ver. Él en Weston, horario de oficina; yo en Miami, horario de inmigrante indocumentado. Difícil compaginar. El gordo me dice que en enero se muda de la casa de su hermana, que si me animo a hacerla con él. Ha averiguado de unos studios por Davie, cerca del Sawgrass Mall. Con 500 cada uno al mes lo alquilamos. Le comento que lo mío recién empieza a tomar forma, ya tengo un trabajo fijo y mil dólares guardados en la maleta que cada vez que abro huele a Lima, no tengo cuenta de banco, no puedo abrir una porque no tengo id ni drivers license. Me dice que por allá también hay trabajos como el mío. Mejor aún: tiene, por medio de su cuñado, el rockero clásico miraflorino, el contacto para hacerme entrar en un telemarketing, en Miramar. Ventas por teléfono de productos para combatir los hongos, el negocio es de unos peruanos. Aunque mi experiencia con los peruanos ha sido un fiasco gracias a El Farol, le digo que me de unos días para pensarlo... pero antes de colgar, le digo que no tengo nada que pensar, me mudaré con él.

Este Pay Phone, además, se ha convertido en mi conexión directa con Lima. Desde aquí llamo a mi mama en mis días off.

Quora

Los latinoamericanos han asumido que la manera correcta de referirse a los quarters es quora. En Miami se habla un "idioma" que no es spanglish, tiene sus propios códigos, con palabras que flotan en un limbo entre el inglés y el español cubano, el español argentino, el peruano, el venezolano, el colombiano, el nicaragüense y así.

Saint Isidro

Vivo en paralelo y por eso no es raro que relacione al barrio de Coral Gables con el de San Isidro, mi barrio en Lima. A pesar de que ya le puse fecha de salida a este vecindario, empiezo a hacerlo mío. Sé, por ejemplo, que al salir del efficiency que queda en la calle Antilla, ya no prefiero ir por la Ponce de León, la calle principal que conecta con la Miracle Mile, y luego al Thai Orchid. Ahora prefiero hacer una ruta por entre las callecitas de edificaciones antiguas, con sus balcones con aire de pueblito, donde a mitad de mañana uno puede encontrar a señores mayores en pantuflas leyendo el Nuevo Herald o el Diario Las Americas. Me gusta la calle Galiano y su Phillips Park, donde a veces me siento a observar a las personas que están corriendo alrededor o jugando partidos de fútbol o tennis o con sus hijos en el playground. Me gustan también las calles Sidonia, Majorca y Minorca y Alhambra. Un tramo de la Alhambra, Alhambra Circle, donde el aire a pueblito se transforma en una pequeña arteria corporativa de cuello blanco y militante de happy hours los jueves, tiene un aire a Camino Real, de San Isidro, por donde tantas veces caminé para ir a Miguel Dasso. En Alhambra, además, se supone que vivió el poeta Juan Ramón Jiménez.

Todas estas callecitas de alguna manera u otra te llevan a la Miracle Mile. A esa milla, la maravilla le dura hasta la esquina de la Douglas Road, donde se encuentra el Ross, el Sears, el BlockBuster y el Dennys. Lo que sigue en dirección hacia abajo es la Coral Way oscura, con su supermercado Winn Dixie y no Publix. En el Publix los ejecutivos compran sus groceries; en el Winn Dixie, la gente como yo, como Requena y como Povedano, como Clarita y el argentino, y como los guatemaltecos y el salvadoreño de El Farol, aprovechando los cupones de descuento semanal, compramos pasta, jugo de naranja Tropicana en caja, arroz, huevos y jabón Palmolive verde, que me recuerda al olor de los cuartos de las muchachas de servicio de Lima. El Winn Dixie abre vienticuatro horas porque los horarios de los que trabajamos detrás de los mostradores o alzando bandejas con platos sucios nunca serán Monday to Friday from 8 a.m. to 5 p.m.

Tropicana

Parte de mi rito de iniciación en la nueva ciudad son los jugos Tropicana de naranja. Compro cajas de dos en dos: No Pulp y Lots of Pulp. Es algo repentino, en Lima no tomaba jugo de naranja y menos si era artificial. Requena me dijo que a él también le dio por tomarlo hace años, recién llegado. No sé si el

Tropicana sea rico y realmente me provoque, o si lo tengo estereotipado, gracias a las series de televisión gringas que vi en mi adolescencia, y se haya instalado en mi subconsciente como hábito de norteamericano, y consumirlo me haga sentir, de manera inadvertida, como una pieza más que encaja en esta sociedad.

Sears para un infante difunto

Domingos de octubre. Domingos de noviembre. Domingos.

Salíamos de la casa de la calle Carlos Concha hacia Sears, directo a la sección juguetes. Fisher Price, Star Wars, Masters of the Universe, Barbies, Cabbage Patch Kids. Mi hermana y yo lo queríamos todo, había que encomendarse a Papá Noel. Escribir la listita. Sacar buena nota en matemáticas. Portarse bien.

El 25 de diciembre Papá Noel cumplía punto por punto con la lista y más. Pero se desentendía de las facturas y cuentas por pagar de las tarjetas de crédito. Se desentendió un año. Se desentendió otro y otro hasta que se desentendió por completo, y el que se descarriló fue nuestro trineo, no el de él.

Fisher Price, Star Wars, Masters of the Universe: saltos al vacío Made in USA.

Resolana de domingo familiar.

Domingo sin resurección.

Octubre 24

A una ciudad del norte yo me fui a trabajar

Manu Chao

Conversé con Povedano y Requena sobre la decisión de irme "al norte", como se le llama a todo lo que se ubique afuera de los límites del condado Miami Dade. Antes era imposible, porque Povedano tenía horarios de noche, muy diferentes de los nuestros, pero ya logró que lo cambiaran a un shift más temprano durante los días de semana; los fines de semana sí sigue de amanecida. A Requena tampoco se lo había comentado, por más que ahora andamos juntos el día entero en el Thai Orchid. Recomiendan que me quede en Miami, aunque igual me desean suerte y quedan abiertas las puertas del efficiency por si necesito volver. Iba a empezar a pagar una parte de los gastos en noviembre, pero me dicen que no me preocupe, que junte todo lo que pueda para poder establecerme bien allá arriba.

El dinner americano

Requena, Povedano y yo nos ponemos de acuerdo para ir al Dennys algunas veces a comer por las noches, pasada la media noche, en que Povedano ya regresó al efficiency. Nos acomodamos en una de las mesas junto a los ventanales de la Miracle Mile. Muy poca gente va al Dennys a esa hora durante los días de semana, los fines de semana en cambio hay waiting list. Dennys es el dinner americano por excelencia. El menú te ataca con hamburguesas dobles, papitas fritas y un milkshake en el cover: grasa, colesterol, azúcares. El dinner americano es veneno para gordos de pantalones caídos que solo se mueven del Play Station para venir aquí a atragantarse y eructar de la felicidad. O escenario noctruno para personajes atormentados "pop cool" de Fuguet. Súper pop. Súper cool. Con su él o su la por delante, muy chilenamente: el Matías, la Rosario, el Esteban. Así que ahí estamos "el Povedano", "el Requena" y yo. Los tres chicos Fuguet.

Noviembre 4

Paso la mañana en la despensa del Thai Orchid. Día de inventario con la colombiana Clarita. Trepada en una escalera de mano, revisa latas y envases de pastas, frejoles, harina y millones de polvos y especias ¿chinas? y me entrega lo expirado para que después lo tire en el contenedor verde de basura. En un cuaderno anoto los productos en buen estado y lo que queda de cada uno de ellos para ordenar más si es necesario. Al terminar, Requena me pregunta qué tal el bautizo con Clarita y me explica que, en más de una ocasión, cuando un nuevo ha entrado a trabajar al restaurante, ella lo ha llevado a la despensa con el pretexto de hacer inventario, pero lo que realmente terminan haciendo es culeando. Con él nunca lo hizo.

Pasta

En el Perú le decía fideos o tallarines. Acá es pasta, y si son orientales, son noodles. Y según la colombiana, los frejoles son fríjoles.

Thai food

No había probado comida tailandesa y me ha resultado un viaje sensorial exquisito en el paladar. Cada vez que puedo me sirvo red curry chicken o pad thai (de paso así me lleno y no gasto en comida). Otras veces, con Requena y el argentino, en nuestro break, comemos en el alleyway con la puerta entreabierta vigilando que no nos vayan a ver los otros. Y en algunas ocasiones, al salir, en una cajita de comida para llevar, me sirvo un poco de cada uno y los guardo en mi mochila.

Noviembre 5

Clarita cuadra los números del mes de octubre en la cocina. Ya no queda nadie en el restaurante. Después de botar las bolsas de basura en el contenedor verde del alleyway, me despido de ella. Que la espere un minuto, pide. Activa las alarmas y salimos juntos. Se ofrece a llevarme en su transportation, solo que debo mover la ropa al asiento de atrás, porque en el asiento del copiloto tiene su ropa sucia. Lleva varios días allí. No ha tenido tiempo para hacer el laundry. Hay desde camisetas y blusas hasta medias calzones y sostenes. Entre los "escombros" de ese pequeño montículo de ropa, hay un cuaderno de sus clases de inglés en la escuela pública nocturna. Me recomienda que me inscriba, para que pueda conseguir un mejor trabajo más adelante: el inglés abre puertas. Le agradezco. No le digo que lo hablo, que me eduqué en un colegio donde los cursos eran en inglés desde el primer año de primaria hasta el último de secundaria. Que el himno del colegio era en inglés y que el Ave María se rezaba así: Hail Mary, full of grace...

En el auto me pide que baje el vidrio, porque el aire acondicionado no funciona.

Transportation

Auto viejo de recién llegado o de personas de bajos ingresos. Lo más común es que no tengan aire acondicionado. En la puerta de cada efficiency siempre hay un transportation. Empiezo a pensar en la idea de comprarme uno cuando me mude con el gordo. La marmaja de Ignacio lo era.

Laundry

Abrevia el decir "hoy me toca lavar ropa" y en español no hay una sola palabra que encierre este concepto. Así que en adelante empezaré yo también a hacer el laundry. Aquí, por cierto, no hay tiempo para hablar con expresiones largas.

Noviembre 8

Desayuno huevos fritos y luego aprovecho mi día off
para dar una vuelta por la Public Library a revisar mi
e-mail. Llevo bastante sin darle una mirada, espero
haber blindado mis emociones y sentimientos.
Antes paseo por los anaqueles de libros a ver qué
encuentro. En español es mínimo lo que ofrecen,
pero en inglés uno puede perderse días y no termina
de hacer la búsqueda. La sección de historia de
Florida y Miami es interesante; me llevo uno sobre la
vida del fundador de Coral Gables.

Pedro Medina León

From: rodrigo portocarrero elnapolitano@hotmail.com

To: martin_1977_m_l@hotmail.com

habla! todo bien? te escribo y escribo y nada.

oe, no te mande nada con lorena xq tuve (y aun la tengo) la intención de comprar una tarjeta y hacer que la firme toda la gente (tallarin, hummer, falla, el zambo, palmeto, etc.) para que asi sea mas chevere el detalle... ya la compré y planeo pasarla esta semana a la gente para que deje sus respectivas rubricas y abrazos... para concretar esto necesito también una dirección para mandartela

lo que es yo, que te puedo decir... estudiando... puta que te juro que no sé si estoy hasta las huevas, pero tengo el grado en dos semanas y estoy relajadazo... no sé que hacer con todo el tiempo que me han dado para estudiar... te juro que me parece un exceso 1 mes... hasta ahora ya he identificado todos los problemas, roches y huevaditas de mis expedientes y me los sé bien... este lunes arranco a meterme un intensivo: una semana por expediente y listo... que venga lo que venga...

RESPONDEME A ESTE MAIL PAJERAZO

hablamos mi gente...

122

From: martin_m_l_1977@hotmail.com

To: elnapolitano@hotmail.com

no podría decirte si la estoy pasando bien. reparo y reflexiono mucho en toda esta situacion, todo lo que mi vida ha cambiado desde que me quite de lima y sobre el rumbo totalmente incierto que en este momento tiene. honestamente es algo bien jodido... el desapego y los lazos mentales que uno tiene que cortar son fuertes, unos dias estas arriba y otros caes muy hondo y hasta puedes demorar en sacar la cabeza de la profundidad...

Gables

Sigo perdiéndome por estas calles con nombres hispanos: Antilla, Majorca, Menorca, Ponce de León, pero ahora todos estos nombres tienen más sentido. En el libro que estoy leyendo sobre el fundador de Coral Gables, George E. Merrick, me entero de que para la creación de esta ciudad se inspiró en pueblos europeos, muchos de ellos españoles, aunque como su intención era algo más universal y cosmopolita, también en Coral Gables hay complejos de estilos franceses, italianos y chinos que le llaman las Villas y me propongo visitar antes de mudarme. Merrick, además, fue poeta de vocación, publicó un poemario y compartió catálogo con nada menos que Faulkner, y por ese refinamiento suyo tan exquisito, todo lo desarrolló con buen gusto y sentido artístico. De niño, cuando llegó a Miami con su familia, desde el interior del país, trabajó lo que es hoy la Coral Way, la puta calle donde se ubica El Farol, con sus propias manos, por un dólar al día.

En la Miracle ya hay lucecitas amarillas, verdes y rojas y los comercios están decorados con muñecos de nieve y papanoeles. Familias enteras vienen a pasear por esta calle los fines de semana para disfrutar el ambiente navideño y el clima, que refresca por estas fechas. Además, anuncian que dentro de tres semanas, en la intersección con Le June, armarán un gran árbol donde "Santa" dejará regalos a los niños.

Noviembre 12

Dinner americano

Mesa de esquina junto al ventanal de la Miracle Mile. Como brownie con helado de vainilla. No me provocó hamburguesa. "El Povedano" dice que en navidad saldrá más temprano, a las 8 p.m., así que pregunta cómo vamos a estar nosotros ese día para celebrarlo. En año nuevo estará jodido. "El Requena" dice que lo más probable es que trabajemos hasta las once de la noche, antes se trabajaba medio día y Clarita organizaba una cena navideña para empleados, pero a la china se le antojó desde hace un par de años abrir para la cena. Incluso puede ser que más tarde que las once, pero si queremos hacer algo, él no tiene problemas y falta. Y dice que yo que me haga el loco y le renuncie a la colocha esa misma semana, total, para el 1 de enero ya estaré en Broward. Cualquier problema se la mandamos a "El Povedano" para que se arreglen. "El Povedano" y la colocha, me entero, tuvieron algo cuando él se mudó de la playa hacia Gables un tiempo atrás hecho mierda, porque había terminado con su flaca. "El Povedano" no trabajó donde la china: se conocieron en el bar Normandy por unos amigos en común. El Normandy tenía la noche *Waiters Night*, donde eran 50% off todos los tragos para los meseros, buys boys, valet parking y empleados de la zona.

"El Requena" propone que cada uno le haga un regalo a los otros dos. Algo barato. De veinte o veinticinco dólares.

Postalita navideña

Clarita y sus compañeros de trabajo, Jairo y el Papo, en el alleyway del Thai Orchid junto al contenedor de basura. Encima de unas sillas, platos con panes de bono y empanadas. En el suelo un arbolito de navidad, con un circuito de luces que titilan y un equipo de música de donde sale la voz de José Feliciano cantando *"I wanna wish you a Merry Christmas / From the bottom of my heart"*. Jairo administra el cooler con las Heineken. Clarita lleva su camiseta de la selección colombiana, sombrero volteado, el jean con agujeros deshilachados en los muslos, tacones. Jairo camisa negra y corbata blanca, el Papo una morada de mangas cortas y corbata negra.

Hace frío y estoy lejos de casa

Trabajo night shift en el Thai Orchid. Pedí la mañana off y voy al Ross de Miracle Mile a buscar los regalos que les daré a Povedano y a Requena en navidad. Hace frío, para lo que es Miami es frío, incluso para Lima esto sería frío (otra prueba de mi inevitable paralelismo). El reporte del tiempo dice que es la temperatura más baja en años. Llevo puesta la misma chaqueta Gap azul con la que viajé de Lima, es la única que tengo. Se están usando mucho los chalecos polares, a cada uno le compro uno: naranja para Requena y negro para Povedano. Yo me compro un pantalón de corduroy marrón. Es lo primero que me compro de ropa desde que llegué a Miami y lo estrenaré en navidad.

El Weather Channel

Una de mis nuevas costumbres adquiridas es la de mirar el reporte del tiempo cada mañana. De un momento a otro los rayos pueden resquebrajar el cielo y las nubes desahogar sus vómitos. No descuelgo un impermeable de atrás de la puerta. No llevo sombrilla. Pero algún día caminaré la Miracle Mile, con la calma que ella se merece, bajo el manto de una y me detendré en las vidrieras.

Un espía. Un espectador

No he podido leer una sola página de *La fiesta del chivo*. Los primeros días no tenía concentración. Después no he tenido tiempo. Eso sí: repaso canciones en mi cabeza el día entero. Hoy he pensado en "Persiana americana" y Cerati todo el día. En este limbo de la ilegalidad, o incluso en este limbo en el que vive el migrante, más que no ser de aquí ni de allá (frase tan manida, pero tan cierta), uno es un espía y un espectador. No pertenece a nada. O incluso es de aquí y es de allá.

Noviembre 20

Quinto día en que el argentino no aparece por Thai Orchid y la china ni enterada. Pero Clarita entra en la cocina y, sin dirigirse a nadie en particular ni pedirnos un minuto de atención, dice que, si conocemos a alguien que quiera trabajar, puede empezar al día siguiente. Nos falta uno.

Requena me cuenta que uno de los que culeó con la colombiana en la despensa fue el argentino. Y que parece que ella se ha enamorado, porque luego se vieron unas cuantas veces afuera del trabajo. Él se la sacó de encima con su discurso de "alma libre" de artista. Ella entonces empezó a hacerle la vida imposible en el restaurante: le asignaba horarios que él no podía cumplir porque se le cruzaban con sus reuniones con los del colectivo de cineastas Milanga y lo controlaba cada vez que salía a fumar, no estaba permitido, y además con su olor a cigarro iba a impregnar la cocina, los platos y la comida.

No me esperen en abril (ni en ningún otro mes)

El último libro que leí en Lima fue *No me esperen en abril*. Lo compré afuera del edificio Vargas Alzamora, a un vendedor ambulante que vendía libros de segunda sobre un plástico azul que tendía en la vereda (en otra ocasión le había comprado *Sobre héroes y tumbas*, *No se lo digas a nadie* y *Conversación en La Catedral*). *No me esperen en abril* era el único de los clásicos de Bryce que no había leído. Bryce es un paso obligatorio por todos los lectores peruanos. Algún día me haré el tiempo para leer todos sus libros otra vez.

La noche en que viajé a Miami, deslicé *No me esperen en abril* por debajo de mi cama en la casa de la calle Carlos Concha.

Noviembre 26

Camino al Thai Orchid me cruzo con el argentino. Por las mañanas está trabajando en el delivery de Potato Shop. Algunas veces le comenté que lo había dejado y que cuando pasaba por ahí veía el cartelito de Help Wanted. Por las tardes no tiene nada fijo. Un par de veces por semana ayuda a un amigo que es dueño de un car wash a domicilio y con eso se hace algo de guita. Me recomienda tener cuidado con la colombiana, es una hija de re mil putas. Y me dice que muy pronto van a estrenar uno de los cortometrajes que ha producido con la gente de Milanga. Consiguieron apoyo porque es una pieza inspirada en la realidad de los inmigrantes de Miami. Es cine muy local y de eso hay poco. La proyección será en en el Absinte House, de la calle Aragon, la salita de cine independiente. Me espera, que no falte, que no caiga en la misma cagada de todos de creer que en Miami no hay nada mejor que hacer que ir a comprar calzoncillos Calvin Klein al Dadeland Mall y tomar Coca Cola repleta de hielos en el Seven Eleven y pedir refill gratis. En la ciudad hay talento y hay que explorarla, boludo, que en mis days off vaya a conocer Vizcaya, la Main Public Library del Downtown, el Museo de Historia, y que camine por Española Way y todo el Art Decò de Miami Beach y entre a conocer la oficina de correos de Washington Avenue.

El encuentro es breve: se le enfría el delivery que lleva en la canastilla de la bicicleta y yo voy contra el reloj para llegar a Thai Orchid. Pero no pierde la oportunidad para decirme que se necesitarían tres Calamaros juntos para hacer a un Miguel Abuelo.

Noviembre 27

Thanksgiving

Noviembre 28

La china llega con aspecto de boy scout chinito: camiseta beige y bermudas marrones que le comen las piernas hasta las rodillas. Se encierra en su oficina a tomar kirin y sake y a medio día aparece en la cocina con una bolsa llena de hojas de árbol y me la entrega. En navidad las va a tirar en un lago. Me da una lista de nombres para que los escriba en las hojas por detrás y un plumón negro indeleble.

Paso la tarde en una de las mesas del comedor que los clientes no suelen ocupar. Son veinte nombres y por lo menos debe haber doscientas hojas. No pocas se van con los nombres de mis familiares y amigos.

Diciembre 5

Le digo a Clarita que trabajaré hasta el 23 de diciembre, me mudo a Broward. Dice que es una lástima porque le parezco buen empleado. Y que es una lástima también que los vaya a abandonar para las crismas. Y que las crismas son una mierda. Y que mejor es trabajarlas hasta que el cuerpo no aguante más y largarse a dormir. Y entonces me cuenta que los que viven en Miami y tienen papeles, en las crismas se van a sus países. Y que la ciudad se llena de turistas que vienen a cerrar el año con unas vacaciones. Y solo los indocumentados nos quedamos trabajando double shift porque el trabajo se duplica. Y que lo bueno es que hacemos más tips.

Un par de apuntes sobre la historia del mundo al revés

Miami no se llena de limeños en diciembre, se llena en julio. Su punto es nada menos que Key Biscayne. El Key Colony les encanta. El 28 de julio es el día de la independencia del Perú, la fecha más patriótica por excelencia, pero es también la fecha en la que, los limeños que tienen plata o que no la tienen pero dilapidan sus ahorros del año pasado o se revientan el bono de fiestas, huyen a Miami a llenar sus maletas en el Dadeland y Aventura Mall y después a Disney y a South Beach a tirarse panza arriba tres días y volver a Lima, que en julio vive su peor mes de invierno, con el bronceado perfecto, el de Luis Miguel en "No culpes a la noche". ¿No sería lo lógico pasar la independencia del Perú en el Perú? La estampa de frivolidad a Miami se la ponen los de afuera, los que vienen a esto, no los que andan sobre una bicicleta destartalada en busca de cartelitos de Now Hiring o Help Wanted.

Por cierto: he empezado a entender lo mínimo y limitado que es mi background limeño. Allá, el insulto más despectivo que se puede propalar contra otra persona es "cholo de mierda". Cholo es algo así como un peruano oriundo. Acá, no existe ser más orgulloso que un venezolano, un colombiano o un argentino oriundo, apegado a sus raíces. ¿No debería también ser un orgullo ser cholo? En la historia del mundo al revés, Lima ocupa un capítulo preferencial.

Las crismas

No escucho una sola persona que utilice la palabra navidad: excepto por Povedano y Requena, todos los demás se refieren a las crismas. Clarita pasó sus primeras crismas sola, recién llegada, en un Taco Bell en la Coral Way. Cuando terminó sus quesadillas cruzó a las ratas y se emborrachó con una botella de aguardiente.

Las ratas

Povedano: Unit - 3F

Clarita: Unit - 8M

Bloques de efficiencies del color de la barriga de una rata, donde solo hay transportations estacionados en el parking lot, y un poco más allá, una piscina sin agua, decolorada por el sol, en distintas tonalidades de azul. Clarita vive en las ratas, ella les puso ese nombre. Povedano, recién aterrizado en Gables, también vivió ahí. Son como una extension a los trabajos de cocina y valet parking. Todos se conocen, se tienen identificados unos con otros los días off entre semana para juntarse a jugar Play Station o X Box, hacer el laundry, cocinar, tomarse unas cervezas, hablar de fútbol. Forman una suerte de familias postizas, ser inmigrante se trata también de formar familias hechas de retazos, con los que están en la misma condición de uno. Esos vínculos son salvavidas que no dejan que te ahogues en el intento.

Diciembre 8

El baile de los (peruanos) que sobran

Un compañero de trabajo de Povedano nos ha invitado a un *seafood restaurant*, que es también una especie de bar con música en vivo. Queda en Le June, casi bajando de la autopista. Vamos en su transportation Honda Accord. El compañero de Povedano también trabaja part time los fines de semana en el seafood. Tiene una tía brava, nos cuenta. Bravaza. Que los fines de semana va con su esposo, pero se le pierde con la excusa de ir al baño y se encierra con él en uno de los autos del valet parking a culear por el culo. Saca un tubo de Colgate o Crest, se embadurna el dedo y luego se lo mete en el hueco. Le gusta culear con pasta dental en el hueco del culo. Para que el hueco le queme. Para que le arda. Para que le hierva. Nada por adelante. Por adelante culea con su esposo cada quince días.

Es noche de música latina y sobre el tabladillo se mueven hombres cincuentones de camisas abiertas, pelo en pecho, cadenas gruesas de oro y mujeres que parecen envases de gelatina embutidas en vestidos de colores llamativos. Vestidos ceñidos. Muy, muy ceñidos. Suena "Me vale", de Maná. El manager nos recibe en su oficina con una botella de Black Label y un paquete de coca sobre su escritorio. Frente a él, un vaso de whisky a la mitad y un espejito con residuos de polvo blanco.

Dice: cómo ha cambiado esta ciudad, carajo.

Dice: todos somos peruanos, conche su mare.

Dice: hace diez años los seis hubiéramos sido cubiches.

Dice: ¿unos tiritos? Y mira al espejo.

Dice: qué día tienen off, gente, para ir a tirar un cevichazo a Kendall. Y peina el espejo con la nariz hasta que no queda nada.

Diciembre 10

Paso la tarde de mi día off en el efficiency escuchando el Mirrror Bowl de Sarah Mac Laughlan, dándole vueltas a mi mudanza a Broward. Me da temor. Más temor incluso que cuando me fui de Lima. Siento que estoy volviendo a empezar y recién van tres meses que mi vida volvió a foja cero. Me fui de Lima con la certeza de que quería largarme de esa ciudad. Me voy de Miami sin saber por qué. Pero también es cierto que siempre supe que mi estadía donde Povedano y Requena sería pasajera, mientras me organizaba.

Para comer cocino pasta con salsa de tomate Ragu.

Diciembre 12

Lima connection: Pay Phone del Seven Eleven entre Salcedo y la calle 8. Desde el efficiency hasta el Pay Phone hay 467 pasos.

Latita de Coca. Doritos y una versión de Kit Kat que he descubierto hace poco: Big Kat. Es una barra que parece un lingote de chocolate. El gordo ya pagó el depósito de nuestro efficiency, le reembolsaré la plata cuando nos veamos. Lo renta una señora gringa llamada Mrs. Carol. El 23 de diciembre el gordo volará a Lima, a pasar navidad —es uno de los que tienen papeles y viajan a su país a celebrarla en familia, como bien explicó Clarita—. Volverá el 25 por la tarde; en el trabajo no le han dado vacaciones, aún es nuevo. El 31 estará donde su hermana, y el 1, a primera hora, vendrá a buscarme para mudarnos.

Renta

En Lima se pagaba el alquiler, aquí se paga la renta. En los tres meses que llevo en Miami, no he escuchado a una sola persona usar la palabra alquiler. Ni al gordo. Don Ramón nos dejó sin pagar la renta.

Diciembre 15

Dinner americano. Misma mesa con ventanales a la Miracle Mile y nos atiende la mujer negra y gorda que habitualmente lo hace. Dividimos las tareas para nuestra cena navideña: "el Requena", el postre; "el Povedano" la comida, y yo la cervezas.

Requena remoja sus papitas en ketchup, una tras otra. Está emocionado: Renato, su primo que es como su hermano, llegará en enero a Miami a visitarlo por unos días. Hace ocho años que Renato y Requena no se ven —de hecho, Renato fue la última persona de su entorno a quien vio porque él lo llevó al aeropuerto—. Desde que Requena dejó el Perú solo han tenido contacto por correo electrónico, acaso por teléfono. Hasta el último día en que Requena estuvo en Lima, Renato insistió en que no se fuera.

Lugar común o frase hecha de los inmigrantes

Que mis huesos los entierren en mi país. Yo me voy a morir a mi patria.

Me abruma pensar en la vejez y en morirme. Espero falte un trecho largo, ¿pero cómo advertir que uno ya no tiene más cartas por jugar y que es momento de apagar las luces y regresar al país con una idea clara: estoy viejo, he venido a sentarme hasta que la muerte me lleve? Mis respetos a quien tenga las pelotas de tomar esa decisión. Aún no he conocido a nadie.

Diciembre 23

Echo por última vez la basura en el contenedor verde del alleyway y dejo mi trapo con el que he limpiado mesas por estos dos meses, colgado en un gancho en el cuartito donde se guardan los utensilios de limpieza. Ya no hay nadie en el Thai Orchid. Me despido de Clarita con un abrazo y le doy las gracias por todo. Gracias a usted, responde. Me invita a un happy hour, al Waiters Night del bar Normandy, donde se conoció con Povedano y van todos los que trabajan en oficios como los nuestros. Anímese a una cervecita. Pero no. No me provoca. Quiero bañarme. Huelo a curry, como cada vez que salgo del Thai Orchid. O huelo a mierda. No lo sé. Pero hasta en mis días libres siento que huelo a comida, a fritanga. Me huelo el pelo, las manos, los dedos, las uñas y siempre huelo así.

Me lo recuerda: felices crismas.

En mi mochila, sin que ella sepa, estoy llevando una de las cajitas de comida de órdenes para llevar con red chicken curry y pad thai.

Take the long way home

Camino al efficiency por la Ponce de León, con mi mochila y mi pad thai. Última vez que camino esta ruta de regreso al efficiency. Sin caer en cuenta, ya siento que el colchón en el suelo me despierta ese "poner la cabeza en mi almohada", que es mi sweet home colchón. Pienso en Requena y su alegría por lo de su primo Renato. En las felices crismas que me acaba de desear Clarita, seguramente con las ganas de que algún día, no muy lejano, no sean palabras huecas, de inmigrante que va a pasar navidad entre ollas y platos sucios. En el argentino fan de Miguel Abuelo y sus sueños de cineasta. ¿Qué posibilidades hay de que la vida me vuelva a poner en el mismo camino de Clarita y del argentino? Es probable que la otra tarde que me crucé con el argentino haya sido la última vez en mi vida que lo vea, y lo mismo hoy con Clarita. Siempre hay una primera vez, pero también siempre una última vez. Es cierto, argentino: esta ciudad te enseña a no crear lazos fuertes y si los creas, a desprenderte rápido de ellos. Pienso también en la historia entre Povedano y Clarita que finalmente me vino a contar hace un par de días Requena: Povedano salió huyendo de Miami Beach, donde vivía, por una pena de amor. Todo llega: los asuntos emocionales también se hacen su espacio en los inmigrantes cuando ya están más asentados y asimilados.

Y pienso en los turistas que vienen a pasar las fiestas, esos que llenan la ciudad y vacían los malls, pero que dejan buenos tips.

Diciembre 24

No existe vida espirtual en este infierno.

De la canción "Miami", por los Fabulosos Cadillacs

Requena me regala una edición pirata de *La vida exagerada de Martín Romaña*, el librazo de Bryce. La mandó traer de Lima. Povedano me regala un suéter amarillo de Gap. A los dos les gustaron sus chalecos polares. He comprado Coronas en el Winn Dixie. Requena helados de vainilla, torta de chocolate y una bolsa de mini crunch. Povedano encargó dos pollos a la brasa, en un restaurante de Kendall y un amigo del trabajo le hizo el favor de llevarlo a buscarlos. Y ordenó un buen par de porciones de papitas fritas, muy abundantes, con ají y salsita de huancaína. De fondo nos acompañan canciones de Los Fabulosos Cadillacs, repetimos muchas veces el tema "Miami", de su álbum Rey Azúcar, que es muy crítica con Miami, dice pestes de ella pero realmente no dice nada nuevo, han convertido en letra el clásico tópico que pesa sobre esta ciudad que dice que es superficial. También "Invierno de saco azul", y conforme van fluyendo las Coronas, le cambiamos por "Chambeando en el Chato Azul". Intentamos llamar a Lima, pero la red de las tarjetas telefónicas está congestionada y es imposible establecer contacto. Requena nos sorprende con una botella de pisco y los ingredientes para preparar pisco sour. Además, saca una cámara de fotos desechable de Walgreens y empieza a disparar.

Se acaban las rondas de pisco y seguimos con las Coronas. A las tres de la mañana ya no podemos articular palabra, y creo que tampoco tendríamos qué más hablar de Lima, ni qué más salud hacer en nombre de Lima... Esos años de "asimilación" de los que tanto se jactan Povedano y Requena quedan diluidos entre el pisco y la cerveza. Es una realidad frágil. Que se desmorona. Un edificio que se ha construido desde el último piso y aún falta (no poco) para llegar al de más abajo.

Caemos dormidos sobre el tapete.

Diciembre 26

Mama sabe bien, perdí una batalla

Gustavo Cerati

Días libres en los que pierdo la brújula de mi sentido de pertenencia. O la de mi sentido del desarraigo. Fantaseo con Lima. Con tomar un vuelo cada fin de semana y aterrizar en el Jorge Chávez. Los seres que más quiero y amo están allí. Es un cúmulo de afectos. De emociones y sentimientos. Es un escudo que nos protege, sin que sepamos, del miedo. Nos hace menos vulnerables. ¿Miami es solo un lugar pasajero en el cual debo reunir una determinada suma de dinero que me permita partir a otro lugar? ¿Dónde? ¿A hacer qué? No lo sé. Mi hoja de ruta es una hoja en blanco que se llena día a día.

Diciembre 31

*Desahuciado está el que tiene que marchar
para vivir una cultura diferente.*

Mercedes Sosa

Povedano y Requena trabajan. A Requena no lo
vi y de Povedano me despedí como cualquier otro
día. Mi fiesta de año nuevo es en el efficiency, en
solitario, con el Mirrorball de Sarah Mac Laughlan,
la edición pirata de La vida exagerada de Martín
Romaña, un Philly Cheese Steak del Seven Eleven
y mi maleta, porque el gordo me buscará a las ocho
de la mañana. Ojalá algún día pueda explicar cómo
me siento anímicamente en este año nuevo. En estos
días. Con esta distancia. Cada día es un inventario
de recuerdos. De afectos que se intensifican. Olvidar

es sedar. Olvidar no es borrar. El silencio y la soledad escarban en ese olvido que subyace inadvertido en carne viva. Espero poder explicarlo en otro momento. Ahora es muy difícil. Se va este año y viene un nuevo. Uno extraño.

Kind of Afterword o algo así

El "expatriado" suele ser un manojo de nostalgia y vivencias que necesita expectorarlas luego de unos años. La convivencia con ellas, contarlas e idealizarlas o demonizarlas frente a unas copas las desdibuja y se acomodan para mejor o peor, y tejen historias que reposan entre la realidad y la ficción. Muchos de los que están en estas páginas ya partieron y otros nunca existieron, lo mismo sucede con los espacios. El Miami de ahora es diferente a aquella ciudad más pueblerina que me recibió, aún con incertidumbre por el ataque a las Twin Towers. Un Miami plenamente cubano y muy poquito sudamericano y sin sospechar que se convertiría, después de Venezuela, en otra Venezuela. Un Miami sin Instagram ni Facebook ni iPhones. Un Miami al que el Uber Eats y Postmates no le habían decapitado el oficio de delivery boys a los indocumentados. Un Miami sin Wynwood Walls.

Un Miami en el que Fer y su banda Maná tenían colonizadas las estaciones de radio, y las canciones más contestarias que explotaban las cornetas –así se le dice a los parlantes aquí– eran "Latino", de Franco de Vita; "Si el Norte fuera el Sur", de Arjona, y "Mi primer millón", de Bacilos. Lo demás eran las gringadas soft de B-52's, Madonna y The Cardigans.

Mi Miami sin documentos y por la izquierda, de night shifts, de days off, de alleyways, sin holidays, de Help Wanted y efficiencies me enseñó a deshacerme del calendario y el reloj y a vivir sin mayor horizonte que el de one day at a time hasta que las cosas tomaran forma. El original de mis mejores recuerdos está archivado en el efficiency de la calle Antilla, esa pieza de cuatro paredes amarillo pastel, donde todo lo que estaba por venir se asumía como mejor, con ambientadores Glade de "puticlub scent", con bañera apropiada para llenarla a temperatura promedio, desanudarse la bata, sumergirse con un Black Label on the rocks y una Gillete y filetearse las muñecas en navidad o en año nuevo. Ese fue mi arco de entrada a Estados Unidos. Mi puerta (¿grande?) Y aún sigue allí. Sigue allí con bicicletas encadenadas de los Requenas y los Povedanos de turno. La ventana hacia el pasado que fue la Public Library de Coral Gables donde iba a revisar mi Hotmail aún se mantiene abierta, con su olor indescifrable que me recuerda al del Miami International Airport, y cada vez que voy a sacar o devolver un libro, siento ese mismo vértigo de cuando me sentaba frente al inbox, aunque ahora mis correos quepan en el bolsillo izquierdo del jean donde guardo el celular. Y ya no volteo a mirar cuando alguien pasa a mi lado hablando en "colombiano" o "venezolano" o "argentino", más bien me llama la atención si el acento es peruano.

Creo que hasta ahora no he mencionado que ya transcurrieron dieciocho años desde que me fui de Lima y que cinco los pasé indocumentado. Vuelvo poco a la ciudad en la que nací, aunque ni bien obtuve los papeles lo primero que hice fue subirme a un avión directo al aeropuerto Jorge Chávez. Era verano. Febrero. A manera de revancha comí todos los arroces chaufas, hamburguesas del Bembos y helados de lúcuma que tuve al alcance. Fue un viaje raro. Extraño. La casa de la calle Carlos Concha ya no existía. Mi papá, mi mamá y mi hermana se habían instalado también en Miami, y aquí cada quien salió por su lado a librar su propia batalla ante la vida, no dimos la talla como familia. Pero bueno, vuelvo a mi primer viaje a Lima: todo era chiquito y las pistas angostas. De la llave del agua de la ducha caía un hilito acaso tibio. Por ratos no quería estar allí y fui ingrato y manifesté mi malestar –disculpas a quien corresponda–. Entonces pensaba en Miami y tampoco quería estar allí –nada más cercano a la verdad que la frase cliché "No soy de aquí ni de allá"–. Así que, como dije arriba, a Lima vuelvo poco. Casi nada. Mínimo. La última vez que lo hice fue por un fin de semana. Nadie lo supo. Volví a sentarme en las escaleras del parque Homero, frente a la cancha y esperé a que la noche se tragara las luecesitas amarillas del acantilado. Respiré, transpiré y sentí las calles que tanto anduve y ya desandé. Calles que irrumpen en mi memoria sin previo aviso y abren grietas en los rincones más ignorados de mis recuerdos. Desfile de instantáneas. De Polaroids. De los stills de mi propia película de bajo presupuesto. Previo a este viaje, había vuelto por la muerte de un familiar. Me ha tocado reponerme de tres muertes muy cercanas, y el luto y la condición de inmigrante no son una buena combinación: barren el piso contigo. Eres inmigrante en carne viva. La distancia duele.

Siempre supe que iba a escribir estas líneas, pero no cuándo. Necesitaba la distancia objetiva para hacerlo, y aunque no sé si ya la conseguí, cuando leo y releo los cuadernitos college ruled note book, de espiral y tapa roja que compraba en el Navarro de la Miracle Mile para vomitar mi bitácora de iniciación, me asumo como un personaje más de todos los que desfilan en aquellas líneas.

"Un espía, un espectador", le puse de título a un cuadernito. "Contra los cuerdos de atar", a otro. Y a otro, "Quemando el pasaporte con rabia". Hubo más, pero son estos tres los que mejor recogen esos días de recuerdos poco fiables, que no son otra cosa que un puñado de Días de ficción.

Coral Gables, 2020

III
Cover Proposal

DÍAS DE FICCIÓN

REVÓLVER EDICIONES

AUTOR: MARTÍN

From: revolver.ediciones@yahoo.com

To: martinmiami75@gmail.com

Hey Loco!

Estamos muy entusiasmados con la publicación de tu libro y nos encantó conocerte la semana pasada en la Literatura callejera del Al Capone. Y tu broder, David, con eso de que tiene la mejor historia para contar solo que es un animal escribiendo, es realmente gracioso. Hope to see you son again guys.

En relación con lo tuyo, en este e-mail encontrarás las imágenes que consideramos son un buen match para el diseño del cover de *Días de Ficción*. Son fotos tomadas por uno de nuestros columnistas colaboradores, parte de su colección "Backstage del sueño americano", él es fotógrafo aficionado de los alleyways y lugares creepy que tanto mencionas y que son la escencia de tus páginas. Ojalá te gusten. Mándanos un e-mail entre ésta y la próxima semana y nos cuentas cuál es la que más te gusta, please. Una vez que tengamos tu visto bueno, te contactará Lasticön, que además de poeta, se encarga del branding y diseño de nuestros títulos.

Recibe un abrazo de parte de los Revólver. Y esperamos verte con David en el próximo concierto de Pistolas Rosadas, el otro mes.

Cheers!

P.S. Ah, te estoy attaching mi próximo artículo de la Revólver que lo dedico al Noir Tropical.

Lit 305

Por el Wild Cat

REVÓLVER
EDICIONES

Miami tiene una larga tradición literaria de género noir con nombre y apellido: Noir

Tropical

Miami se inscribió como ciudad en 1896, y sus primeras manifestaciones literarias de trascendencia empezaron a aparecer hacia la década de 1940, con la llegada de la Segunda Guerra Mundial, tras experimentar un grandísimo crecimiento demográfico. Davis Dresser, marinero de parche en el ojo, abandonó el oficio para dedicarse a su verdadera vocación: escribir libros. Una veintena de ellos fueron novelas policiales o de misterio ambientadas en Miami, pero un Miami rubio y de ojos azules, muy diferente al que conocemos ahora. De sus obras nació el inspector privado Michael Shayne, hombre apuesto y elgante que se movía entre lo más selecto de Biscayne Bay y Miami Beach, y que fue el primero en ser llevado a la televisión, por la cadena NBC.

Para muchos la cuenta de representantes del noir en Miami empieza en la segunda mitad de la década de 1960, con las novelas del inspector Travis McGee, personaje de Jhon D Mac Donald, que vivía en un bote, así que la idea de que Sonny Crocket, de Miami Vice, durmiera en un bote, no fue del todo genuina. Después de servir a las fuerzas armadas en la Segunda Guerra Mundial, Mac Donald había adoptado al sur de la Florida como su nueva casa. La saga de Travis McGee ha sido uno de los grandes *best Sellers* del género y, aunque sus tramas no son propiamente ambientadas en Miami, si no en Fort Lauderdale, aprovechando mucho sus playas, se le considera un autor local (en esa época, ni Miami Beach era parte de Miami).

Hacia finales de los setenta y durante los ochenta, Miami fue la puerta de entrada de cocaína al país, los asesinatos a sangre fría habían colapsado la morgue y los cuerpos debían acumularse en carritos de compra de Publix o en camiones que le prestaba la cadena Burger King, y el anglo empezaba a sentirse invadido por el latinoamericano. Sin embargo, esa fue una de las etapas más prolíficas de la literatura, incluso el debate sobre cuál es la gran novela de Miami se remonta a ella. Parte de la crítica considera que *8ᵗʰ Street* de Douglas Fairbairn, es precisamente esa gran novela. Esta novelita *pulp*, cuenta la historia de Mead, anglo, dueño de un dealer de autos en la Calle 8, que es extorsionado por la mafia cubana. Mead, además, es testigo del cambio por el que atraviesa la ciudad, ya sea en la Calle 8 donde empieza a tomar coladitas en cada esquina y almorzar lechón, o en Miami Beach, donde vivía en un hostal, que también se veía "invadida" por judíos y cubanos llegados en el éxodo del Mariel. Pero más valioso fue el aporte de Charles Willeford, creador de la saga de novelas del inspector Hoke Moseley, implacable a la hora de resolver un crimen, aunque un anti héroe en todo el sentido de la palabra: vivía en el hostal "El Dorado", y se desenvolvía en ese hampa en el que se convirtieron el Downtown y Miami Beach debido a la presencia de latinoamericanos.

Cuando Miami se encontraba en el punto más bajo de la pendiente en 1984, se estrenó la teleserie *Miami Vice*, que tomó los elementos prestados de las novelas noir, los combinó con colores pastel y aprovechó todos los beneficios que ofrece la pantalla. Sin proponérselo, la serie alcanzó los niveles más altos de rating a nivel nacional y Miami empezó a respirar otros aires. Entonces surguió un noir con patente propio, tropical, con palmeras, cerca al mar, con choque de culturas anglo e hispana. No es casualidad que la segunda edición de *Stick*, de Elmore Leonard, otro de los grandes representantes del

Noir Tropical, en la portada lleve como imagen una camisa con palmeritas; y que en *Miami Blues*, de Charles Willeford, igualmente en la portada de su segunda edición, aparezca una mujer en traje de baño entre dos palmeras.

Llegar en los ochenta a Miami siendo hispanohablante era sinónimo de delincuente, y allí llegó el escritor español Juan Carlos Castillón desde Centroamérica, con un visado de tránsito, y se quedó veinte años. Aunque su novela *Nieve sobre Miami* vio la luz en el 2003, fue escrita quince años antes y es la única obra en nuestro idioma, de esa época, que se asoma al Noir Tropical. Con una portada de Ocean Drive y sus luces de neón, cuenta la historia del Loco, un ex guerrillero Centroamericano que emigra con la idea del *American Dream*, pero pronto se da cuenta que para llevar un Rolex en la muñeca y sentarse al volante de un convertible, había que meterse en el negocio del narcotráfico. Castillón igualmente nos muestra en este libro el choque de culturas entre el hispano y el anglo, así como la rivalidad entre las distintas comunidades de hispanos, además de retratar el submundo –que no retrata el anglo por falta de conocimiento– de los trabajos de *dishwasher* del recién llegado, de las habitaciones de bajo presupuesto compartidas por varios inquilinos, de la nostalgia a la tierra lejana y la santería.

Los legítimos herederos del Noir Tropical en estos días quizá sean Les Standiford y Caarl Hiaasen, a pesar de que aquí hay muchísimos que lo escriben. Standiford, quien ha compilado la antología de cuentos *Miami Noir*, en la que reúne a quince autores y cada uno escribe un cuento ambientado en una zona distinta, es además una de las voces más autorizadas para hablar del tema. En español es poco lo que se encuentra, el cubano Andrés Hernández Alende hace unos años publicó la novela el *Ocaso*, que prometía ser la saga policial del detective Fernando Estrada, pero no ha dado más frutos. El cubano Oscar F. Ortiz que tras varios relatos y novelas que dialogan con el realismo sucio, hace poco publicó la novela del primer detective del exilio cubano en Miami,

Sanpedro, Investigador. Y a otras más entre ellos un peruano que, también en esa línea realista y sucia, legítima heredera de Charles Willeford, a la fecha ha escrito la saga de que llevan como personaje principal al Comanche, un ex detective privado que se mueve por los bajos fondos de Miami Beach y la Pequeña Habana, que por más que quiere alejarse de la investigación, por una u otra causa siempre termina envuelto en una de ellas y detapando los aspectos más sórdidos de la ciudad.

Revólver Ediciones es una publicación de escritores y periodistas indocumentados que opera clandestinamente desde Miami Beach.

«Varsovia de Pedro Medina León: El Miami que no conocen los turistas, pero sí (ciertos) escritores**»**.

Camilo Egaña — CNN

«Una excelente arqueología lingüística de la ciudad de Miami y el drama que los hispanos viven allí**»**.

Carlos Gámez Pérez

«Pedro Medina León ha construido una novela policial que es mucho más que un texto de género, que es un mapa duro y a la vez entrañable de Miami y sus habitantes, de un mundo en diáspora que busca arraigo y solo cosecha incertidumbre**»**.

Hugo Fontana

Otros títulos de este autor:

www.sudaquia.net

«Pedro Medina León ha escrito una novela para los que desean irse de su país, pero también, y aquí su acierto que resuena como una mueca amarga, para aquellos que necesitan volver».

El Nuevo Herald

«Marginal de Pedro Medina León es una muestra más que estamos ante la fundación y desarrollo del New Latino Boom, la explosión de literatura en español escrita y publicada en Estados Unidos».

Naida Saavedra

«Marginal desnuda a una Miami que se ha convertido en la capital latinoamericana de los Estados Unidos. En ella el sueño americano muestra su lado más oscuro, ahí donde la perversidad humana se da entre palmeras, frente a la playa ».

Xalvador García

Otros títulos de este autor:

www.sudaquia.net

«Pedro Medina León vuelve con el género que mejor le cabe, el *noir*, y con el personaje que mejor representa el lado menos clamoroso de Miami. Una combinación que nos entrega adrenalina, intriga y el constante rumor de una ciudad como Miami».

Fernando Olszanski

«*Americana* de Pedro Medina León es una invitación directa a la exploración y apropiación de la ciudad cosmopolita de Miami. Las imágenes que crea nos brinda el tan necesitado retrato de grupo».

Roberto Mata

«*Americana* es hermosa y singular en su especie. Con una combinación de aspectos del *noir tropical*, de la novela detectivesca y de la ficción histórica, *Americana* presenta un dibujo vívido de los Miamis del pasado y el presente que va más allá del espejismo construido por las tarjetas postales».

Zachary D'Orsi

Otros títulos de este autor:

«Nueve relatos llenos de trampas soleadas, rock en español, happy hours mañaneros y autos deportivos que retumban hip-hop con los cristales abajo. Pedro Medina León es un autor clave para entender la literatura en español made in Miami y *La chica más pop de South Beach* un libro lleno de esas ficciones que los inmigrantes se inventan (nos inventamos) para mantener la cordura en esa otra gran ficción llamada Estados Unidos».

Antonio Díaz Oliva

«En relatos habita la versión menos ambiciosa pero más inalcanzable del sueño americano, una donde solo se pide que las cuentas cuadren a fin de mes y que no haya encuentros inoportunos con la migra o con algún estafador listo para arruinarlo todo. Muy pronto, la oferta turística de la ciudad tendrá que incluir un parque temático de la Miami que Pedro Medina León está construyendo con su pluma».

Luis Alejandro Ordoñez

Otros títulos de este autor:

Otros títulos de esta colección:

www. sudaquia.net